HATİCE
KÜBRA TONGAR

# çeyiz



........... / ........... / ..................

Hayykitap - 984
Edebiyat - 220

**ÇEYİZ**
Hatice Kübra Tongar

Hayykitap Genel Yayın Yönetmeni: Rauf Baysal
Editör: Canan Öztürk
Redaksiyon: Belgin Sunal
Katkıda Bulunanlar: Elif Karakuş, Ayşe Çetintaş
Kapak ve İç Sayfa Tasarımı: Erdi Demir
Baskı Hazırlık: Turgut Kasay

ISBN: 978-625-8222-02-9
1. Baskı: İstanbul, Eylül 2022
3. Baskı: İstanbul, Şubat 2023

Baskı: Yıkılmazlar Basım Yay.
Prom. ve Kağıt San. Tic. Ltd. Şti.
15 Temmuz Mah. Gülbahar Cad. No: 62/B
Güneşli - İstanbul
Sertifika No: 45464
Tel: 0212 630 64 73

**Hayykitap**
Anadolu Hisarı Mah. Sine Sk. No: 45/1
Beykoz 34810 İstanbul
Tel: 0212 352 00 50 Faks: 0212 352 00 51
info@hayykitap.com
www.hayykitap.com
facebook.com/hayykitap
twitter.com/hayykitap
instagram.com/hayykitap
Sertifika No: 12408

HATİCE KÜBRA TONGAR

# çeyiz

*Anneler bazen*
*kederlerini koyar kızlarının çeyizine*
*bazen de kaderlerini...*

## HATİCE KÜBRA TONGAR

Lisans eğitimlerini Psikoloji, Sosyoloji ve Çocuk Gelişimi alanlarında sürdüren Tongar, Bezm-i Âlem Vakıf Üniversitesi'nde Aile Danışmanlığı teorik, pratik ve süpervizyon eğitimini okul ikincisi olarak tamamlayarak 'Aile Danışmanı' unvanını aldı. Arel Üniversitesi'nde Psikoloji (Yüksek Onur Derecesi), Üsküdar Üniversitesi'nde Çocuk Gelişimi (Yüksek Onur Derecesi) alanında yüksek lisans yaptı. Nörobilim alanında Doktora eğitimini sürdürmektedir.

Yazı yazmak, ilkokul yıllarında başlayan kompozisyonlarla birlikte hayatında hep oldu. Makaleleri çeşitli dergilerde yayımlandı. Gazetelerde haftalık köşe yazarlığı yaptı. Çocuğa dair birçok projenin metin yazarlığını yürüttü. Ulusal radyo ve televizyon kanallarında çocuk ve aile eğitimine dair programlar hazırlayıp sundu.

Bağırmayan Anneler kitabı yüzbinlerce annenin başucu eseri oldu. Yayımlandığı ilk iki yıl 'Türkiye'nin en çok okunan çocuk eğitim kitabı' unvanını aldı. Kısa sürede milyonlarca kişiye ulaşan sosyal medya hesaplarında okurlarıyla buluşmaya devam eden Tongar, Türkiye'nin dört bir yanında *aile eğitim* seminerleri veriyor. Her daim 'eş' ve 'annelik' rollerini layığıyla yerine getirme duasını sürdürüyor.

*Annemden aldım çeyizimi,*

*Serdim dantel dantel ömrüme.*

*Aldığım çeyiz değilmiş,*

*Kaderimmiş meğerse...*

# içindekiler

# eşek

Doğduğum zamana göre 'normal' sayılabilecek bir çocukluk geçirdim. Bizim zamanımızda 'normal', ana babanın ve diğer tüm büyüklerin sözüne karışmamak, soru sorduğunda 'hadi bakayım dön önüne bu kadar merak iyi değildir' diye uyarılmak, 'belki misafir gelir, aman dağılmasın' diye her gün temizlenip dantelleri kolalanan ve adeta bir müze hâline getirilen misafir odasına uzaktan bakmak, alt komşuyu, üst komşuyu, mahalledeki tüm konu komşuyu rahatsız etmemek için çoğu zaman kendin rahatsız olmak, misafirliklerde çay içememek, açsan bile 'açım' diyememek, önüne yetişkinlerden artanların konulduğu, özensiz sofralarda yemek yemek, annemize bir derdimizi anlatmaya kalksak –hani olmaz ya– ana kız oturup da dertleşelim istesek 'git bulaşıkları yıka derdin falan kalmaz' cevabını duymak, terlik yemek, masanın altından cimcik yemek, annenle komşu teyzeler 'Yalan Rüzgârı' izleyip, dizideki Viktor'a sanki yakın bir akrabalarıymış gibi 'boyun posun devrilsin, gül gibi karın var, otur oturduğun yerde' nasihatleri ederken dizini kırıp orta sehpada ders yapmaya çalışmak ama en çok da kızını dövmeyenin dizini döveceğini buyuran psikopat bir atanın sözünü baş tacı eden ebeveynlerin kızlarını bol bol dövmesini terbiye sanmaktı.

Ben böyle bir zamanda dünyaya gelmiş o kız çocuğuydum. Derdim olunca bulaşık yıkar, ödevlerimi Viktor'la Niki evlensin diye dua ederek yapar, annemin kafama attığı terliği geri götürüp ayağına takar, salatasız çocuk sofralarında kola ve fanta içerken çay içmenin neden zararlı olduğuna kafa yorardım. Dayak da yerdim tabii. O zamanlar bunu hak ettiğimi de düşünürdüm üstelik. Bardak kırdın sopa, ödevini yapmadın sopa, sofrayı kurarken annene yardım etmedin sopa, baban seslendi geç cevap verdin sopa, alt kat komşudan şikâyet getirdin sopa, sopa, sopa, sopa... Bazen sebebini bildiğim, bazense sebebini dahi anlamayıp 'anam babam dövüyorsa vardır bir hikmeti' diye hikmetinden sualde bulunmadığım bu kadar sopa yemenin sonucunda sıpa olduğuma karar verdim. Tabii ya, bu kadar çok sopa yediğime göre insan yavrusu değildim ben. İnsan olsam bana insan yavrusuymuşum gibi davranılırdı. Eşek gibi sopalanıp durduğuma göre boyumun posumun küçüklüğüne bakarak sıpa olduğum söylenebilirdi.

Çocukken sıpa olduğunuza karar verirseniz büyüdükçe eşeğe dönüşürsünüz. Siz eşekliği baştan kabul ettiğinizden sebep semer yükleyeniniz, tepenize bineniniz ve pek tabii sopaya devam edeniniz bol olur. Öyle de oldu. Üç çocuk ve başımın üzerine itinayla yerleştirilmiş iki koca boynuzla bir hastane odasında parasız pulsuz dımdızlak kaldığımda otuz yaşımdaydım. On sekiz yaşıma kadar anam babam tarafından tescillenen eşekliğim, geri kalan on iki yılda dayak, hakaret, dalavere ve ihanet senaryolarıyla kocam Hikmet Eligüzel tarafından bir güzel üzerime sıvanmıştı. Bir anırmadığım eksikti, o kadar eşektim. Kocamın adının Hikmet olduğuna bakmayın! Hiçbir hikmetli işi yoktu Hikmet Eligüzel'in. Hep yalan dolan, hep üçkağıtçılık. Ama bak soyadının hakkını verirdi adam. Eli o kadar güzel, öylesine şekilliydi ki, sağ ve sol yanağıma bakarsanız var olan el izinden ne demek istediğimi anlardınız.

Ha şimdi diyeceksiniz ki madem bu adam bu kadar rezil, bu kadar ahlaksız, bu kadar şerefsiz, neden evlendin onunla? İşte otuzuncu doğum günümde ben de tam bu soruyu sordum kendime. Hayatım tam da o noktada başladı. İnsan otuzundan sonra da doğabilirmiş, o vakit öğrendim.

Hiç boğulma riski yaşadınız mı? Ben yaşadım. Hem de ne kramptan ne yüzme bilmemekten ne de birinin canıma kastetmesinden... Evladımla oyun oynarken ölümle burun buruna geldim. Üç çocuğumla birlikte denize gitmiştik bir gün. İki büyük oğlum yüzme biliyorlar, açılıp eğleşmeye başladılar. Küçük oğlum Hakkı ile derinliği daha münasip bir yerde oyun oynuyoruz ana oğul. Hakkı'nın kolunda kolluklar var. Sonra oyunun bir yerinde, Hakkı birden üstüme atladı. Boyumuzu aşan yerdeyiz ve kafamın üzerinde beni suya bastıran otuz kilo ağırlığında bir çocuk var. Çırpındım ve ben çırpındıkça, herhal oyun oynuyorum sandığından, Hakkı gülerek başımı suya bastırmaya devam etti. Çıkmaya çalıştım ama ne elinden kurtulabildim ne de su yüzüne doğru yüzmeye güç yetirebildim. İşte o anda, tam nefesimin yetmediği ve yaşam nefesinin kesilip ölüm nefesinin ciğerlerime dolmaya başladığı o anda, aklıma suyun dibine batmak geldi. Suyun yüzüne doğru değil, dibine doğru yüzmeye başladım. Ben suya batınca Hakkı bıraktı beni. Suyun dibine indim, yere ayağımı sıkıca vurup hızla su yüzüne yükseldim. İnsanın yüzeye hızla çıkması için önce dibe batması gerekirmiş, o vakit öğrendim.

Bu yüzden müsaadenizle hayat denen ummanda nasıl hızla dibe battım, onu anlatayım.

Dedim ya, geleneksel bir ana babanın çocuğuydum. Üç kardeşiz biz. Bir ablam ve bir ağabeyim var. Son çocuk bendeniz Songül Yardımcı. Adımın Son–gül olması ana babamın başka çocuk istemiyor oluşunu gayet net anlatıyordur. Aslına bakarsanız beni de istememişler. Kaza kurşunuymuşum ben, öyle derdi babam eşe dosta anlatırken. Bir insanın istenmediğinin, 'kazara' olduğunun, beklenmediğinin eşe dosta, hem de bahsi geçen 'lüzumsuzun' bizatihi yanında, anlatılmasının ayıp sayılmadığı, 'aman çocuk üzülür mü, incinir mi' falan diye düşünülmediği geleneksel bir aileydi bizimkisi.

Hayatınızın, ana babanızın iki dakika süren bir gaflet ânının eseri olduğunu bilmek kolay yutulur lokma değildir, yutamıyorsunuz da zaten. Boğazınıza demirden bir lokma gibi oturuveriyor bu bilgi. Sonra ömrünüz boyunca o lokma kursağınızdan insin diye kendinizi paralıyorsunuz. Küçük bir çocuk olarak bunun yolunu, kendinizi 'istenen' biri yapmakta buluyorsunuz. Sanıyorum içinizden bir ses: 'Annen baban seni istememiş, kazara olmuşsun ama sonuçta oldun. Hayattasın, bari çalış çabala uğraş da şimdi seni istesinler,' diyor. Benim çocukluğum o sese kulak vererek geçti. Zaten soyadım 'Yardımcı'! Ebeveynlerimin yardımcısı olmak, leb denilmeden Çorum'un tüm leblebi fabrikalarını önlerine sermek.

'Şurayı süpür Songül.'

'Tamam anneciğim.'

'Şu pantolonumu ütüle Songül.'

'Tabii babacığım.'

'Git ekmek al Songül.'

'Gittim bile anneciğim.'

'Gel Songül', 'Git Songül', 'Topla Songül', 'Pişir Songül', 'Kotar Songül' cümlelerinin daha ağızdan çıkan son hecelerini duymadan harekete geçmekle geçti yıllarım. Sırf annemin babamın isteklerini mi peki? Yok canım, olur mu hiç? Anne babamdan 'ebeveynlik' öğrenen, küçüğüne nasıl davranılacağını modelleyen ve dahi benim doğumumla kendi öfkelerini, çözemedikleri meselelerini, yürek yüklerini boşaltıp rahatlayabilecekleri bir stres topu edinmiş olan ablam ve ağabeyim de çökerdi üzerime. Bizim evde eğitim sistemi öyle gavurların icat ettiği montelisori falan değil, kimin gücü kime yeterse çök tepesine sistemiydi. İşin acı tarafı, ailenin en küçüğü olarak ben, bu sistemin tek zorunlu öğrencisi, asla sınıf geçmez talebesiydim.

İşte tüm bu debdebenin içinde, hani arada vaktim kalırsa, annem izin verir babam 'he' derse falan oyun oynardım. Kim gibi diyelim, hıh, aynı bir çocuk gibi… İnsanın çocuk olabilmesi için yaşının başının, boyunun posunun ne olduğu değil, anne babasının kim olduğu önemliymiş, o vakit öğrendim.

Büyümeye başlayınca insanın aklı her şeyi daha net görüyor. Benim için bu dönem ergenlik yıllarım oldu, on yedi, on sekiz yaşlarım falan. Büyüyen bedenimle birlikte gelişen beynim acı gerçekleri çat diye vurdu suratıma. Yıllardır 'annem babam beni istesin, varlığımı keder gibi değil kutlu bir haber gibi görsünler' diye didinen ben, anneme babama gram yaranamamış ben, çocukluğum bir adım boyu yol alamadığım bir uğurda harcanmış olan ben, evin stres topu, dayak arsızı, semer yükleneni, eşek sıpası yine bendim.

İnsanın ne yaparsa yapsın ailesine yaranamayacağını fark etmesi kolay baş edilir bir gerçek değildir. Bu yüzden pek çoğumuz bu gerçeği görür ama görmezden geliriz. 'Annem babam beni sevmiyor, istemiyor' bilgisini alır, yedi bin kör kilidi olan bir sandığın içine koyar, kilitleri açılmamak üzere itinayla kapatır, sandığı yedi bin metre derinliğindeki kör bir kuyuya atar, bu cümlenin yerine de 'Aslında beni seviyorlar da sevgilerini gösteremiyorlar', 'Onlar da ailelerinden böyle görmüşler, ne yapsınlar, sevme biçimleri böyle', 'Beni sevmeseler döverler mi hiç?', 'Seviyor, önemsiyorlar ki ben düzeleyim, iyi insan olayım diye dövüyorlar', 'Yazık, benimle nasıl ilgilensinler?', 'Bu zamanda üç çocuk kolay mı?', 'Yedir, içir, besle, büyüt, okut kolay mı?' gibi daha kolay baş edebileceğimiz alternatif cümleler koyarız. Ne zaman ki bu sanal cümlelerden vazgeçer ve gerçeği olduğu hâliyle görürüz, işte o zaman iyileşmeye başlarız. Tabii benim önümde bunun için daha on iki yıl kadar vardı. Yani gerçeği göreceğim ve iyileşmeye başlayacağım günler için on iki yıl...

On sekizinci doğum günüme yaklaşırken içimde adını koyamadığım bir keder, yüreğimi acıtan bir yara, üzerime sinmiş bir mutsuzluk hâli ayyuka çıktı. Hiçbir şey yapmak istemez oldum. Genç kız dediğin cıvıl cıvıl, uçuş uçuş, neşeli, keyifli, kanlı canlı olurmuş ya hani –annem öyle derdi bana kızarken– işte ben o genç kız değildim. Ben, eli kolu kalkmayacak kadar yorgun hisseden, tüm gün yataktan çıkmamak için yorganın altına gömülen, yemeyen, içmeyen, sürekli uyuyarak gün geçiren on yedi yaşındaki yaşlı teyzeydim. İnsan gencecik bir kızken de yaşlanabilirmiş, o vakit öğrendim.

Babama göre hâlim şımarıklıktı, bir temiz sopayı hak ederdi bu hâl! Temiz mi kirli mi bilmem ama attığı dayaklar beni daha da yataklık ettiği için bir noktada dövmekten vazgeçti. 'Koca kız! Evlense çocuğu olur. Boyumuza geldi, ayıptır' falan diye değil ha! Daha da yataklık oluyorum da işe yaramıyorum diye vazgeçti sopadan! Zira ablamla ağabeyim evlenip gitmişlerdi çoktan. Ellerinde işe sürebilecekleri, 'şunu yap, bunu kotar' diyebilecekleri bir ben kalmıştım. Bu yüzden iş yapmıyor oluşum, yataktan çıkmayışım, keyifsizliğim, gönülsüzlüğüm asla kabul edilebilir şeyler değildi.

Anneme göre hâlim tembellikti, onun genç kızlığını görseymişim kendimden utanırmışım. Öyle derdi; nerde ben, nerdee o imiş. O, evde bir salınırmış, sağdan sola dönene kadar onca işi bir halledermiş de herkesler nasıl şaşırırmış. Tüm bu yakınma cümlelerini benim tembelliğimle bitirir, 'Tembel bu kız tembel! Evveli de böyleydi ahiri de böyle olur bunun' derdi. Tahmin edersiniz ki tüm çocukluğu ve ilk gençliği anasından babasından 'Aferin kızım. İyi ki doğmuşsun. İyi ki varsın. Tutmayan elimiz, topal kalmış ayağımızsın' gibi cümleler duysun diye geçmiş bir insanın bu cümleleri duymaması onu daha da yorgun, daha da hasta, daha da bîtap kılar. Ben de öyle oldum. On sekizinci yaş günüme evimin masasındaki pastayı yiyerek değil, hastane odasında damarımdan serum yiyerek girdim. Annemle babamın şımarıklık ve tembellik dediği şeye doktor 'depresyon' dedi. Ağır depresyon... Sonraları öğrendiğime göre, depresyon yaşama dair hiçbir umudunun kalmadığı zaman gelen bir hastalıkmış. Görünen o ki, daha on sekizimde var olabilecek tüm umutlarımı tüketmiş, bir şeylerin düzelebileceğine dair itikadımı yitirmiştim.

Şimdi diyeceksiniz ki, 'Sen Hikmet Eligüzel'den bahsediyordun. Bunları bize niye anlattın?' Eee işte Hikmet'le tam da hastanede yattığım dönemde tanıştım. Hastabakıcıydı Hikmet. Her gün gelir, odamı temizler, tahlil gerektiğinde beni yatağımdan kaldırır, tekerlekli sandalyeye oturtur, o laboratuvardan bu muayeneye ayağımı yere bastırmazdı. Zaten bastırmaması gerekiyordu çünkü işi buydu. Ama benim gibi ilgi açlığı yaşayan insanlar için büyük olaylardır bunlar, kıymetli meselelerdir. Zira bir hastabakıcının yatağımı yorganımı değiştirmesini, odamı temizlemesini, tahlillerde bana refakat etmesini 'ilgi' zannedecek kadar ilgisiz büyümüştüm. Nitekim ilerleyen günlerde odama girdiğinde günaydın deyip gülümsemesini, bana hadsizce kaş göz etmesini 'sevgi' sanacak, kulağıma, 'Gel kaçırayım seni buradan. Benim gülüm ol, son gülüm ol' gibi arabesk sözler ettiğinde 'he' deyip celladımın elini tutacaktım. Şimdi düşünüyorum da kocaya kaçan kızlar aslında birine kaçtıkları için yapmıyorlar bu eylemi, birinden kaçtıkları için yapıyorlar. Ben de aslında kocaya kaçmamış, sadece yıllardır beni sevgisizlikleriyle öldüren annemden ve babamdan kaçmıştım.

Ben on sekizimi doldurmuşum, Hikmet zaten otuz iki yaşında. Hemen o gün yıldırım nikâhı kıydık. Artık resmi olarak kimsenin 'Yardımcı'sı değildim. 'Son' da olsa 'gül' olan isminin yanına bir başka güzel eklenmişti; Eligüzel'dim. Ama kanaya kanaya göreceğim vardı ki, eli güzel oluşum kadar hızlı ve kolay 'ömrü güzel' olamayacaktım.

Annemle babam olayı duydukları gibi beni defterden sildiler. Evliliğimi küfür çelenkleriyle tebrik ettiler, sağ olsunlar. Önceden defterlerinde varmışım demek, bu da bir şeydir. Hikmet'i de hastaneye şikâyet etmişler kızımızı kaçırdı diye. 'Sevgiliydik zaten, kız kaçırma falan yok, rızası var, hemen evlendik, usulsüz bir durum yok,' dedik de işten çıkarmadılar neyse ki... Bir uyarıyla kapandı mevzu.

Evliliğimizin ilk ayında –af buyurun– bok var gibi hamile kaldım. Çocuklarımı çok seviyorum ama o günkü şartları düşününce kendime hâlâ kızarım. Yahu sen zaten sürünüyorsun, hastasın sen, tanımadığın bir adamla yeni evlisin. Ne bokuna çocuk yaparsın! Neyse, olan olmuş, döl tutmuştu. Hikmet'in derin tıp bilgisine (!) güvenerek ilaçlarımı bıraktım hemen. Hikmet ise, ne hikmetse (!) hamile kaldığım gibi benimle ilgilenmeyi bıraktı. Bir gün yanaşacak oldum, 'Ben hamile kadına yanaşamıyorum. Sen artık annesin, kutsalsın benim için' dedi. 'Ulan hamile kadına yanaşamadığını nereden biliyorsun? Kaç kere hamile kaldım ben de yanaşamadın? Nereden bu tecrübe?' diye sorsam iyiydi ama sormadım. Yıllar sonra öğrenecektim ki, boyu devrilesice Hikmet'in üçüncü eşiymişim. Bizimkilerden hariç üç çocuğu daha varmış şerefsizin. Tüm eski eşleri ve çocukları perişan hâldeymiş. Öyle rezil, öyle kepaze bir adammış bu. Ben tüm bunları bilmeden dört yıl içinde peş peşe üç kere hamile kaldım. E peki bu süreçte Hikmet ne yaptı? Hamile karısı kutsal ya! Kutsal olmayan diğer kadınların koynunda aldı soluğu, yani almış. O yıllarda henüz bundan da haberim yoktu. Aramızdaki şehvetin selası okununca yerine başka bir şey geldi; şiddet... Ben bu yeni misafiri de baş tacı ettim, yıllar boyu bana eziyet eden anamı babamı baş tacı ettiğim gibi. Zira İnsanın hamile karısını dövmesini, işe giderken eve kilitlemesini, gün yüzü göstermemesini 'aşk' zannedecek kadar sevgisiz büyümüştüm.

Gel zaman git zaman yıllar geçti. Dayağa, hakarete, ilgisizliğe rağmen ilişkiyi sürdürdüm. Alıştım sanırım, öyle oluyor denildiği gibi her şeye alışıyor insan. Hatta bir noktadan sonra olmadı mı garipsiyor, 'Aaa bugün kocam beni dövmedi, bana küfretmedi, yoksa beni artık sevmiyor mu' diyeceği kadar sinirleri bozulabiliyor. Benim de zaten iyi olmayan sağlığım bu yıllar içinde iyiden iyiye can çekişmeye başladı. Bir akşam çocuklarla birlikte televizyonun karşısında oturuyoruz. Dizi mi ne izliyoruz. Benim elimde meyve tabağı, elimdeki elmayı portakalı soyup çocuklara veriyorum. Çocuklardan birinin uzattığım elmayı tam kavrayamayıp yere düşürdüğü an birden nefes alamadım ve cart diye kesiverdim bileğimi. O kadar hasta, o kadar sıkışmış, o kadar bitmiştim ki, gerçekten bitsin istedim sanırım.

Hızla kan kaybediyor olmak çok enteresan bir duygu. İçinize hücum eden bir halsizlik, bir yorgunluk oluyor. Bir an geliyor ve göz kapaklarınız incecik bir deri olmaktan çıkıp bin tonluk bir bina gibi çöküyor gözünüzün üzerine. Duyuyorsunuz, olanı biteni hissediyorsunuz ama ne gözünüzü açabiliyor ne de kıpırdayabiliyorsunuz. Evimin oturma odasında kanlar içinde yerde yatarken kulağıma çalınan 'Anne ölmeeeeee' ağlamaları arasında derin bir pişmanlık hissettiğimi hatırlıyorum.

Sonra bir rüya görmeye başladım. Gerçek gibi bir rüya... Hakkı'yla denizdeyiz, oynuyoruz. Hakkı oyun olsun diye başımı suya bastırıyor. Nefessiz kalıyorum, çırpınıyorum, çırpınıyorum kurtulamıyorum. Tam her şey bitti dediğim anda dibe batmak geliyor aklıma. Suyun altına doğru yüzmeye başlıyorum. Ayaklarım denizin tabanına değiyor. Ayağımın altındaki kum tanelerini hissediyorum. Yere değmiş olmak bana güven veriyor. Tam gücümü toplayıp su üstüne itecekken kendimi, biri suyun üzerinden ellerini uzatıyor. Kollarımın altından sıkıca kavrayıp yüzeye çekiyor beni. Hızla çıkıyorum dipten. Nefes almaya başlıyorum. Ah nefes... Oksijen ciğerlerime doldukça içimi kavuran yanma hissinin yerini ferahlık almaya başlıyor. Tuzlu su gözlerimi yakmış, göremiyorum. Her şey bulanık. Elimle gözümü ovuşturup beni kurtaran kim diye görmeye çalışıyorum. Bir bakıyorum, beni kurtaran kişi benim! 'Geçti,' diyorum boğulan hâlime, 'geçti...' Ses kulağımda yankılanıyor. 'Geçti...'

Bir hastane odasında ağlayarak uyandım. Bileğim ve boğazım acıyordu. Ağzıma sokulmuş hortumları fark ettim. 'Geçti,' dedim, sağlam elimle yaralı elimi tutarak, 'geçti'. Sonra ağladım, ağladım, ağladım... Yeni doğan bir bebek gibi ağladım. İnsan 'öldüm' dediği an doğabiliyormuş, o vakit öğrendim.

İşte orası benim tam dibe vurduğum yerdi. Sonrası hızla su üstüne çıkarak devam etti. Pardon, kendimi kollarımdan tutup yüzeye çıkararak demeliydim.

Şerefsiz Hikmet beni hastaneye bıraktıktan sonra cehennem olup gitti hayatımızdan. Hatta gitmek için uyanmamı bile beklememiş deyyus! Çocukları bırakmış annemlere, 'Hasta kızınızla uğraşamam' demiş. Ulan hastabakıcısın sen, hastayla uğraşmak senin işin! Ama demek işini eve taşımayı sevmiyorsa benim adam, o da haklı (!) Hiç üzülmedim, gitsin. Çocuklarım için hızla toparlanmalıydım. İyileşmek için elimden geleni yaptım.

Bir ay kadar sonra tedavime evde devam etmek taahhüdüyle çıktım hastaneden. Çocuklarımı annemin ve babamın 'Sana bakmamız yetti, bir de çocukların çıktı başımıza' sözleri arasından kurtarıp eve döndüm ama tabii ortada ne ev kalmış ne bark. Eşyaları taşıyıp arazi olmuş şerefsiz Hikmet. Şaşırdım mı? Hayır. Bir komşuya sığındım.

Sağ olsun, Perihan abla pek severdi beni. Ne zaman ihtiyacı olsa koşar, bahar temizliğine yardım eder, yün yorganlarını, döşeklerini havalandırırken destek olurdum. İyi de yapardım işimi hani. Annemle babamın çocukluktan beri beni her işe koşturması, dımdızlak ortada kalınca işime yaradı. Zira en iyi bildiğim iş, ev işi yapmaktı. Perihan abla, 'Kız Songül, düzenini kuruncaya kadar kal bende. İşimi gücümü görür, yemeğimi ütümü yaparsın. Bir dul kadınım. Ev büyük. Yaşlıyım artık. Gücüm yetmiyor. Ben sana sığınacak çatı veririm, sen de çatının içini çeker çevirirsin. Bakarız birbirimize,' dedi. 'Olur,' dedim. Amacım kısa zamanda başka bir iş bulup kendi evimi açmaktı ama birkaç ay sonra Perihan abla felç geçirip kötürüm kalınca kaldım yanında. Dört çocuğu vardı Perihan ablanın. Hiçbiri gelmedi, annelerinin bakımını üstlenmedi. Ben yaptım seve seve. Hatta işimi iyi yaptığım kulaktan kulağa yayılınca iyi para verip beni çağıran evler oldu da gitmedim. Yok! Gider miyim hiç? Kadın beni zor zamanımda sahiplenmiş de ben onu zor zamanında bırakır mıyım? Gül gibi baktım eve de Perihan ablaya da. Bir zaman sonra 'Perihan abla' hitabı 'Perihan anne'ye, o da zaman içinde sadece 'anne'ye dönüştü. Yıllar içinde ana kız gibi olduk. Sonra bir gün Perihan annenin avukatı geldi. Belgeler bir şeyler getirmiş. "İmzala," dedi Perihan anne. "Ne bu," diye sordum. Söylemedi. Ben de üsteleyip hasta kadını üzmek istemedim. Güvenim tam zaten, imzaladım. Felç olduğunun onuncu yılında Perihan anne vefat etti. Hastalığı boyunca bir kere arayıp sormayan, bir defa kapısını açmayan çocukları ve torunları tam tekmil cenazedeydiler. Cenazeden sonra avukat çağırdı çocuklarını, bir de beni. 'Kesin evden çıkmam gerekecek,' diye düşündüm. Çoluk çocuk satıp parasını almak isterlerdi tabii. Sonuçta mülk analarının mülkü. Yani ben öyle biliyordum. Meğer Perihan anne evi benim üzerime yapmış. Bir de birikmiş üç kuruşu için bankada benim adıma hesap açıp neyi var neyi yoksa bırakmış bana. Çocukları itiraz ettiyse de her şey yasal olduğu için seslerini çıkaramadılar. Çaresiz, annelerinin kararına razı oldular. Annelik kan bağıyla değil can bağıyla olurmuş meğer, o vakit öğrendim.

Sonra ne mi oldu? Zengin falan olmadım tabii. Perihan annemden kalan öyle büyük bir para pul değil ama değil mi ki başımıza çatımızı dikti, üç kuruş rızkımıza katkı etti, ölürken dahi analık etti, Allah ondan razı olsun. Perihan annemin ardından işe girdim. Yok yok, temizlikçi olarak bir evde çalışmıyorum. Yıllar önce depresyon tedavisi için yattığım hastanede hastabakıcı oldum. Meğer Perihan annem hep anlatırmış hastalık sürecinde ona nasıl güzel baktığımı, işini aşını nasıl ihtimamla, şefkatle yaptığımı. Uzaktan bir akrabası o hastanenin personel müdürüymüş. Numaramı bulmuş buluşturmuş. Aradı bir gün beni, "Songül Hanımcım, hastanemizde bir hastabakıcı vardı. Hakkında çok şikâyet oldu. Hastaları taciz ediyor dediler, günahı boynuna. Hemen kestik iş akdini. Teyzem sizden çok bahsederdi. Buyurun gelin, bir deneyelim," dedi. İlahî adalet! Hikmet'in kovulduğu işe Rabbim beni koydu böylece.

Bir zaman sonra annemle babamın kaza geçirdiği haberi ulaştı. Yatalak olmuşlar. Kızlarıyım, öyle bırakmak içime sığmaz ama başlarına gidip evlatlık yapabilecek sevgim, saygım da yok.

Tuttum birini başlarına, maaşımdan artırdım, baktım ikisine de. Zaten en başından beri onlar evlat değil, bakıcı istiyorlardı kendilerine. Duaları kabul oldu.

Hikmet mi? O da duymuş olan biteni. Dayandı kapıma, 'Köpek gibi pişmanım,' dedi. 'Pişmanlığından emin değilim ama köpek kısmı bence de doğru,' dedim, sepetledim. Ara ara eğer isterse çocuklarını görür tabii. Babalarıdır neticede. Lakin artık benim hayatımın elli metre bile yakınına gelemez.

Sen eşek olmayı bırakıp insan olduğunu anlayınca kimse semer vuramıyormuş, o vakit öğrendim.

# babama duyurun çeşmesi

Bayram tatilinin hafta sonuyla birleştirilip üç günlük tatilin dokuz güne çıktığını duyan çocuklar 'Tatil, tatil, tatil' diye bağırmaya başladılar. Boy boy dört çocuğum olduğundan mütevellit, bakanlar kurulunun yaptığı açıklamanın iki dakika sonrasında bayağı bildiğiniz stadyum havası oluşmuştu evde. 'En son ne zaman tatile çıkmıştık ki'ler, 'Sınıf arkadaşım Ayşeler güneye gidecekmiş'ler, 'Anne, yamaç paraşütü de yapar mıyız'lar havalarda uçuşuyor, daha kararını bile vermediğimiz tatil planının ciddi ciddi detaylarını tartışıyorduk. Dedim ya, bizim evde çocuk bol. Eee dolayısıyla ses de bol. Neyse ki çocukları sükûnete davet etmek için 'Susun' diye bağırıp çağırmanın hiçbir işe yaramadığını, çocuk milletinin susabilmesi için hücrelerindeki son kelimeye değin konuşup anlatmalarının şart olduğunu, o vakit gelene kadar da onlardan talep ettiğimiz gibi sakince susup beklememiz gerektiğini ilk çocuğumda öğrenmiştim. Öyle yaptım. Çocuklar tatil fikirlerini, önerilerini, isteklerini 'Bodrum, Çeşme, Alaçatı' naraları arasında haykırdılar, ben de sessizce dinledim. Sonra söz bana geldi. Neyse ki çocuklar son sözü ana babalarının söyleyeceğini, ana babanın evdeki herkes için en makul kararı vereceğini, evin cumhurbaşkanı, başbakanı, meclis başkanı ve dahi mütevelli heyet başkanının ebeveynler olduğunu daha bizimle ilk müşerref oldukları yıllarda öğrenip kabullenmişlerdi de mevzu uzamadı:

"Çeşme meşme neymiş ay! Memlekete gidiyoruz."

Ben Rizeliyim. Nesillerdir Rizeliyim. Rizeli olmak benim için adımın Aysel olmasından, saçımın kumral olmasından, gözlerimin güneşte yeşile çalan ela olmasından, lise mezunu olmamdan, Sedat'ın eşi olmamdan ve hatta Rukiye, Fatime, Zeynep ve Hüseyin'in annesi olmamdan çok daha önemli bir kimlik. Biriyle ilk tanıştığımda, hani 'Benim ismim şu' diye söze başlandığı yerlerde falan, ben ilk 'Ben Rizeli Aysel. Doğma büyüme Rizeliyim' diye başlarım söze. Adımdan bile önce gelir Rize, o kadar Rizeliyimdir. Eşim Uşaklı. Lakin anne babası eşim daha küçükken vefat ettiği ve Uşak'ta kimseleri olmadığı için, Uşak'tan çok Rize'de bulunmuştur. Yani bir bakıma eşim de eş kontenjanından Rizeli sayılır. Anam, babam, altı kardeşim, eşleri, yeğenlerim, amcamgiller, dayımgiller, teyzemgiller, eşleri, çocuklarının çoğu, anneannem, babaannem, dedelerim –biri sağ diğeri mevta olarak– hep Rize'dedir. Bir ben burada, İstanbul'dayım.

Ah Sedat, ömrü uzun olasıca Sedat! Bak anlatırken yine ateşim vurdu başıma. Bu Sedat askere diye geldi bizim oralara. Ben on sekizimde gencecik kızım. Okuldan sonra çay toplamaya geçtim tarlaya. Sedat da o gün izne çıkmış. Ben elime yüzüme su çarpayım da yorgunluğumu atayım diye meydandaki büyük çeşmeye indiğim sırada, o da bir yudum su içmeye gelmiş. Olacağa bak, derdi anneannem. Olacağı varmış, olmuş. İyi ki de olmuş, çok şükür. Bir sıkıntım, elemim yok. Lakin kandırdı beni bu vefasız, ona yanarım. Biz görüştük, seviştik. İstedi beni ailemden. Daha askerliği bitmemiş. Annemler baktı Sedat iyi çocuk, benim de gönlüm var, 'He' dediler. 'Amma velakin Rize'de yaşayacaksınız' diye şart koştular. Ona da Sedat 'He' dedi başta. Askerliği bitti, evlendik. Ama Sedat İstanbul çocuğu. Anası babası ölünce yatılı liseye diye gelmiş İstanbul'a, orada büyümüş, orada iş tutmuş. Rize'de tutunamadı, bir türlü iş tutamadı. Bir gün İstanbul'da daha önce çalıştığı bir şirketten iyi maaşla çağırdılar Sedat'ı. Benim kucağımda bir bebe, biri de karnımda. 'Gel gidelim. İşimizi tutalım. Kenara para koyup Rize'de ev kuralım. Sık sık gelir gideriz. Araba da alırız. Çoluğumuz çocuğumuz var, işimiz gücümüz yerinde olsun,' deyip kandırdı beni. Normalde beni kimse oynatamazdı ya toprağımdan, işte ana olunca çocuğunun istikbalini düşünüyorsun mecbur. 'He' dedim, geldik İstanbul'a. Anamgiller esti gürledi. Hatta babam iki yıl gönül koydu bize, konuşmadı. Ama sık sık ziyaret edip aldık gönüllerini. İlk yıllarda her ay muhakkak gittiğimiz Rize, sonra sonra 'Dört çocukla zor oluyor, birkaç ayda bir gidelim'e, sonra 'Çocukların okulu var yaz tatilinde gideriz'e, en sonunda 'Sedat'ın yazın izni yok anca bayramda gelebiliriz'e dönüştü. Yavaş yavaş, doğduğumuz değil doyduğumuz toprak yurdumuz, meskenimiz olmaya başladı. Ama bayramlarımı yedirmem! Bayram tatili dedin mi istikamet Rize'dir. Konu tartışmaya açık değildir, ilaveten tartışma başlamadan bitmiştir. Lakin işte çocuk milleti! Her sınırı denerler. Denesinler, sorun değil. Analarından sınır korumak, kararlı olmak nasıl olurmuş onu da öğrenirler böylece. Herkesin fikrini söylemesinde, 'Ben memlekete falan gitmem! Çeşme'ye götürün bizi, Çeşmeeee' diye ağlamasında da sıkıntı yok. İnan olsun yok. Ben severim çocuk sesini. Sevmesem dört tane yapar mıydım? Hatta beş altı tane bile olurdu da çikolata kisti miymiş neymiş, o çıktı bende, dörtte kaldık.

Neyse, çocuk sesini sevdiğim gibi çocukların gönlünü eylemesini de severim. Baktım bunlar durmuyor, durulmuyor... Baktım 'Çeşmeee' diye ağlayan gözlerinden açık kalmış çeşme gibi şarıl şarıl yaşlar akıyor, "E hadi madem," dedim, "toparlanın, çeşmeye gidiyoruz!"

İstanbul Rize arası on dört saat sekiz dakikalık yol. Eşime dedim gece yola çıkalım, yol boyu çocuklar uyumuş olurlar. Akşam sekizde attık çocukları arabaya. İki üç saate nereye gittiğimizi anlamadan uyudular teker teker. Gece boyu yol aldık. Sabah namaza durunca uyandılar. Seher vakti, hava karanlık. "Saat kaç? Gelmedik mi?" diyorlar mahmur mahmur. "Az kaldı, uyuyun siz" falan derken yine daldılar uykuya. Saat sekiz gibi uyandılar. Tabii gördüler tabelalardan nerede olduğumuzu. Arabada bir yaygara, bir kıyamet! "Hani Çeşme'ye gidiyorduk! Bizi kandırdınız..." diyorlardı ki, "Hoooop," dedim! "İşte orada durun! Bir Rizeliye kandırıkçı falan diyemezsiniz. Bizde her şey olur, üçkâğıt olmaz. Az sabredin," dedim. "Çeşme dediysek, çeşme..." Kahvaltı molasıyla birlikte on beş saatte vardık menzile. Saat on birde çeşmedeydik. Hangi çeşme mi? Rize'deki çeşme. Eşimle tanıştığımız, ilk göz göze geldiğimiz çeşme. Çocuklar üfleyip püflediler tabii. "Gençler," dedim, "burası çeşme mi? Çeşme. Bizde yalan yok! Hem bu çeşme olmasaydı siz de olmazdınız. Burası sizin tarihiniz. Diğer Çeşme'de ne varmış böyle anlamlı, böyle önemli? Hele az gelin babanızla nasıl tanıştık bir daha anlatayım..."

En büyük çocuğum on yaşında. Sonra dokuz, yedi ve altı geliyor. Şu on yıl boyunca babalarıyla tanışma hikâyemizi belki on milyon kez dinlemişlerdir bizden. Olsun, dinlesinler. Anne babaları hep ebeveyn değildi, bir zamanlar yavukluydular, gençtiler, daha doğmadan onların var olmalarının hayalini kuran iki sevgiliydiler, bilsinler. Yine anlattım uzun uzun. "Çeşmenin şurasında ellerimiz ilk kez dokundu birbirine, şu taşına gözlerimiz değdi beraber, babanız elini şöyle tutardı da su içirirdi bana..." diye diye anlattım. Her kelimede içim nasıl coştu, nasıl kabardı, o eski günlerin sevgi dolu güzelliği içimi nasıl sardı anlatamam. Sonra bir an çeşmenin adına takıldı gözüm. Gözümün takılmasıyla boğazıma kocaman bir yumrunun oturması bir oldu. Birden içim sıkışmaya başladı. Neşem kaçtı. Şu çeşmeye onlarca defa gelmiş, eşimle buluştuğumuzda baktığımız, gördüğümüz, dokunduğumuz her taşını hafızama kaydetmiştim. Ama ne acayip ki adına hiç bakmamışım. İlk kez o gün gördüm. Gördüğüm gibi de şunu anladım: Çeşme sadece eşimle tarihim değil, babamla da tarihimmiş meğer. Taşlara kazınmış isim içime işledi: 'Babama Duyurun Çeşmesi'

Çeşmeyle evimizin arası beş dakikalık yol. Arabada seyrettiğimiz o dakikalarda çeşmenin hikâyesinin ne olabileceğini düşündüm sessizce. Kim bir çeşme yaptırırdı da adını 'Babama Duyurun' koyardı? Babasına yaranmak isteyen bir kadın belirdi gözümde. Sanki ömrü boyunca ne yaptıysa babası onu görmemişti, 'aferin kızım' dememişti, bakışıyla, duruşuyla, cümleleriyle hiç tebrik etmemişti de kadıncağız yaptığı her iyi şeyi babası görsün, varlığını fark etsin diye yapıyordu gibi hissettim. Belki babasından ayrı düşmüştü bir noktada. Ya da ecel bu ya, babasından önce düşmüştü ölüm döşeğine kadın. Ölmeden evvel bu çeşmeyi yaptırmış ve bu son iyiliğini babası duysun, ona 'aferin' desin diye çeşmenin ismini 'Babama Duyurun' diye konulmasını vasiyet etmişti çevresine, kim bilir? Dünyadan göçüp giderken bile babasının onayını almak istemişti belki, bunun için çırpınmıştı.

İnsanın kendi öyküsü neyse başkalarının öyküsünü de öyle yorumlar; kendi yarası nereden kanıyorsa başkalarını da benzer yerden yaralı sanırmış. Benim de yaptığım oydu aslında. 'Babama Duyurun Çeşmesi'ne dakikalar içinde yazdığım bu hikâye, yirmi dokuz yıldır babamla ilişkimde satır satır yazılan kendi hikâyemdi. O yüzden bu ismi görür görmez boğazıma bir yumru oturmuş, sırf bu sebepten arabaya bindim bineli nefesim ciğerlerime yetmez olmuştu.

Yedi kardeşli bir evin üçüncü kız çocuğuydum ben. Bizim yörede kız çocuk erkek çocuk ayrımı belirgin bir motif olmasa da ailemizde kız çocuğu pek de istenen bir şey değildi. Aile demeyeyim aslında, babam için... İlk ablam olunca bebek tebriğine gelenler, babamın erkek çocuk istediğini bildiklerinden, altın niyetine 'Neyse üzülme, bir dahaki erkek olur' temennilerini iliştirmişlerdi annemin göğsüne. İkinci ablamın doğumunda 'Üzülme Nuran, daha gençsin, Allah verir' dilekleri saçılmıştı annemin başından aşağı. Üçüncü gebeliğinde, yani annem bana hamileyken, eş dost konu komşu bildikleri bütün 'erkek çocuk' dualarını uygulatmaya başlamışlardı. Annemin oturduğu divanın altına bıçak gizlemişler, gece uyurken sol tarafına dönüp yatmasını tembih etmişler, 'Ye tatlıyı, doğur atlıyı' deyip tepsi tepsi baklavalar yedirmişlerdi ama olmamıştı işte. Benim kız olmam ailem için bir olmamışlık olarak kalmıştı. İlk iki ablamda teselli evine dönen bebek tebrikleri, benim doğumumla birlikte toptan cenaze evi moduna bürünmüştü.

Aslında annem içten içe mutluydu kızlarından, bunu hissederdim. Saçımı şefkatle tarayışından, 'Caniim kizum' diye bağrına basışından, bize çok kızdığında dahi hakaret etmemesinden, dövmemesinden, en kötü bedduasının 'Ömürleri uzun olasicalar' oluşundan anlardım. Ama babam öyle değildi. Benim ardımdan peşi sıra doğan dört erkek kardeşime gösterdiği şey sevgi ise eğer, bize gösterdiği şeye ancak onun kırıntısı denilirdi. Biz üç kız kardeş çocukluk yıllarımız boyunca o kırıntılarla doymaya çalışmış, gece yatağımıza hep sevgiden aç uzanmıştık. 'Dört çocuğum var' derdi sorulduğunda. Dört çocuğu vardı babamın, dört oğlu! Biz yoktuk.

'Allah insanı özgür ve özgün olsun diye yaratmış' derdi bir büyüğüm. Eğer özgün olmanıza izin verilmiyorsa özgür de olamıyordunuz. Bu yüzden ben kendimi bildim bileli babama yaranma toplama kampının daimî esiriydim. Kendim olarak kabul edilmediğim bir evde ruhumun özgür kalması, özgürce kendini ortaya koyması mümkün değildi zaten. Sanki onun gözünde 'var' olmadıkça 'yok' olacakmışım gibi geldiğinden, ömrümün şu yirmi dokuz yılı 'babama duyurun'larla geçmişti. Uzun yıllar babam aferin desin diye ders çalışmış, sınıf birincisi olmuş, ağzından 'Kadın dediğin tarla işini bilecek arkadaş' lafını duydum diye okuldan çıkıp tarlaya koşmuş, bütün kardeşlerimden önce terliğini, gazetesini bulup önüne koymuş, babamın istediği gibi oturmuş, babamın istediği gibi giyinmiş, babamın istediği gibi susmuş, babamın istediği o ağzı var dili yok uslu küçük bir kız olmuştum. İstemiştim ki 'aferin' desin, beni taktir etsin, beni görsün, duysun, işitsin... Peki isteğime ulaşabilmiş miydim? Hayır.

Sonra bir gün fark ettim ki babam kız çocuğu istemiyor, erkek çocuğu olsun istiyor. Sanırım bunu anladığımda on bir on iki yaşlarındaydım. Yeni yeni büyüyüp serpilmeye, kadın olmaya başlayan bedenimin içinde, kendimi babama sevdirmenin bilinçdışı gayretiyle kız çocuğu olmayı birden bıraktım. Erkek gibi giyinmeye, erkek gibi top peşinde koşmaya, içimdeki nahif kız çocuğunu erkeksi bir havada usul usul boğmaya başladım. Buraların ikliminin hoyratlığından, coğrafyasının sarplığından olacak kadınlarımız biraz serttir. Öyle Ege, Akdeniz kadını gibi nahif, çıtkırıldım değildir. Belki de bu yüzden, benim erkeksiliğim hızla kabul gördü ailede. En çok da babam tarafından kabul gördü. Kısa zaman içinde beraber ava çıkmaya, tavla atmaya başladık. Genç kız bedenine hapsolmuş küçük bir oğlan çocuğu gibiydim. Dört oğlan kardeşim, kişilikleri ile değil de erklikleri sebebiyle adamdan sayıldıkları için gerçekten adam olmaya hiç uğraşmadılar. Eee pipilerinin olması yetiyordu varlıklarının sayılmasına; daha fazla uğraşmalarına, karakterli olmalarına, kendilerini geliştirmek, ahlaklı falan olmak için yırtınmalarına ne gerek vardı? Onlar da gerek olmadığına kanaat getirmiş olacaklar ki, ne ailemiz ne de kendi hayatları için hiç uğraşmadılar. Öyle yıllar boyu davara tutunmuş kene gibi asalak bir hayat yaşadılar. Tabii bu benim işime gelmişti. Neden? Çünkü babamın dört oğlu vardıysa da bunların hiçbiri adam gibi adam değildi. O kontenjan boş kalmıştı. Ben, yani Aysel, Rizeli Aysel babamın aradığı oğlan çocuğu olmaya aday tek kızıydım.

Beş dakika on saniye sonra araba çocukluğumun geçtiği taş evin önünde fren yaptı. Arabanın freniyle birlikte dakikalardır dünde çırpınan ruhum hızla bugünde olan bedenime geri döndü. “Hadi bakalım çocuklar” dedim, “geldik!”

Eve vardığımızda bayram kahvaltısı toplanmış, kahveler içilmeye başlanmıştı. Anneannem, dedem ve babaannem artık iyice yaşlanmış olduklarından misafir ağırlayacak güçleri yoktu. Babam her ikisini de arifeden bizim eve getirir, onların misafirlerini de kendi misafiri gibi ağırlar, baş tacı ederdi. Gerçi kendi kardeşleri arasında en küçüğü babamdı ama babaannem, annemin tatlı dilli ev sahipliği nedeniyle bizde olmayı seçtiği için babamın dört ağabeyi, yani amcamlar da bize gelirler, bayram kahvaltısını bizim evde ederlerdi. Amcamlar, eşleri, çocukları, çocuklarının eşleri, onların çocukları, aile büyüklerimiz, kardeşlerim, eşleri, çocukları, annem, babam ve dört çocuklu Sedat ve ben! Evdeki kalabalığı ve cümbüşü varın siz düşünün. "Merhabayın" deyip hâl hatır sormamız bittiğinde kahveler çoktan içilmiş, baklavalar yenmiş, evin erkekleri öğle ezanına müteakip camiye yollanmıştı bile...

Her ne kadar bayramın tatlı atmosferiyle yüzler gülüyor, keyifli bir sohbet akıp gidiyor, evin her odası çocuk gülüşmeleriyle dolup taşıyorsa da ben Babama Duyurun Çeşmesi'nde kalmıştım. Bedenim baba evinde, ruhum çeşme başında dolanıyor gibiydi. "Namazımı kılayım," deyip odama çekildim. Yıllarımın geçtiği, çocukluğum ve ilk gençliğim kokan, duvarlarında anılarımın sıvalı olduğu odaya girip seccademi serdim. İlk secdeye varışımda, üçüncü 'Sübhane Rabbiyel Ala'nın tam ortasında hıçkırıklarla ağlamaya başladım.

Çocukluk yaraları böyleydi işte. Yıllarca görmezden geldiğiniz, baskıladığınız, halının altına süpürdüğünüz, derin kuyulara gömdüğünüzü düşündüğünüz duygular bir çeşmenin taşına kazınmış iki kelimenin içinden çıkıp çat kapı bayram ziyareti yapan misafirler gibi yüreğinizin kapısına dayanıveriyordu. Kapıyı açmamak mümkün değildi. Artık gelen gelmişti. Lakin kapıyı açsam, o misafirle ne yapacağımı bilmemenin çırpınışı sarıyordu içimi. 'Biraz sessiz dursam evde yok sanıp giderler belki' diye düşündüm ama bu misafirin gitmeye niyeti yok gibiydi. Gözyaşlarımla ıslanan seccademin sıcaklığında çaresizce kapıyı açıp buyur ettim misafirimi içeri. Gelen çocukluğumdu ve umuyordum ki hoş gelmişti.

Seccademi alelacele topladıktan sonra nefes alamadığımı hissettim. Evden çıkmam gerekiyordu. Anneme çocuklar için bir şeyler almayı unuttuğumu, markete gitmem gerektiğini söylediğimde, "Babanlara deruz cami dönüşü alirlar kizum" dediğini duymazdan gelip kendimi dışarı attım. Nereye gittiğimi bilmeden yürüdüm. Ayaklarım beni derenin aşağısına kurulmuş ahşap salıncağa götürdü. Salıncağa oturup sallanmaya başladım. Her ileri geri sallanışımda gözümün önünde bir hatıra peyda oluyor, çocukluk yıllarım sayfa sayfa ortaya dökülüyordu. Takdir alıp karnemi sevinçle babama gösterdiğimde "Haaa ne edeceğuz buni? Okuyacan da astronot mu olacan" diye beni hafife alışı, kahveden ya da tarladan eve döndüğü her akşam salona girdiğinde sadece odadaki erkeklere selam verişi, sırf onlara hâl hatır soruşu, eğer salonda sadece ben varsam hiç yokmuşum gibi tek kelime etmeden oturup televizyon izleyişi, yemek sofralarımızda erkek kardeşlerimi göstererek anneme 'Çocuklara bir tabak daha koy hatun, yesun güçlensinler aslanlarım' deyişi, üç kızını görmeyişi, beni görmeyişi, görünmek için içimdeki kız çocuğunun kurdelelerini çözüp atmam, saçımı kısacık kestirmem, etek giymeyi bırakmam, kendim olmayı bırakmak zorunda kalmam ve daha bir sürü anı, daha şimdi yaşanmış gibi birer birer açılıverdi zihnimde.

Mümkün olsa da içimi açsak, göreceğimiz manzara art arda havai fişek patlayan bir gökyüzü gibiydi. Yalnız benim patlamalarımın havai fişekten farkı rengârenk ve ışıltılı olmamasıydı. Benimkiler öfke dolu ve kan kırmızısıydı. Öfkelendim, sallandım, öfkem arttıkça hızlandım. O kadar hızlı sallanmaya başladım ki, sanıyorum salıncağın daha yükseğe çıkması mümkün değildi. İçimdeki patlamalar bedenime deli bir ateş üflüyor, kazanı harlanmış buharlı tren gibi göğe doğru son hız yükseliyordum. Yükseldim, yükseldim... Bağıra çağıra ağlamamak için dudaklarımı ısırarak, içime doğru deli çığlıklar atarak yükseldim. En sonunda içimin ateşinin harı kora dönmeye başladı, yavaş yavaş sakinledim. Salıncak usul usul yavaşlarken sanki binlerce ton ağırlığı kaldırıp indirmiş biri kadar yorgun hissediyordum kendimi. Salıncak durdu, indim. Gözyaşlarımı silip eve doğru yürümeye başladım.

Akşam yemeği faslını hızlıca geçip yol yorgunluğumu bahane ederek odama kaçtım. Aslında bahane de değildi, çok yorgundum. Lakin beni yoranın yol olduğu kısmı doğru değildi. Beni yoran; yılların tazyikli boşalımıydı. Yaramdan yılların cerahati akıyor, iltihabım kuruyana kadar var olacak ateşli nöbetin yorgunluğu bedenimi kuşatıyordu. Hemen uyudum.

Rüyamda Karadeniz'in dalgalı suları arasındaydım. Tutunacak ne bir sal ne bir kıyı vardı. Koskoca denizin kapkara suları içinde yüzmeye çalışıyordum. Birden bir kıyı gördüm. İçimi umut kapladı. Tam kıyıya doğru yüzerken kıyıyla benim aramda bir köpekbalığı yüzgeci belirdi. Kocaman, simsiyah bir yüzgeç. Köpek balığı hızla üzerime doğru geliyordu, kaçamazdım. Ondan hızlı yüzmem ya da o gelmeden kıyıya ulaşmam mümkün değildi. Birden aklıma bir fikir geldi. Onun gibi davranıp köpek balığı numarası yaparsam belki beni yemezdi. Hemen suya yatay uzanıp kollarımı bedenime yapıştırdım. Ellerimi yüzgeç, ayaklarımı kuyruk gibi hareket ettirmeye başladım. İçten içe, 'Aynı balığa benzedim, beni yemeyecek' diye seviniyordum. Hakikaten öyle oldu. Köpek balığı yanıma yanaşıp bana baktı, benim de köpek balığı olduğumu sanıp kendine başka bir av aramaya başladı. İçimde inanılmaz bir rahatlama, bir kurtuluş sevinci uyandı o sırada. Başarmıştım! Onun gibi hareket edip ondan zarar görmemeyi başarmıştım. Hemen kıyıya yüzmeliyim, diye düşündüm. Maazallah köpek balığı geri dönebilirdi. Kıyıya ulaştığımda nefes alamadığımı fark ettim. Dehşet içinde bedenime baktım. O da ne! Köpek balığı olmuştum. Köpek balığını taklit edeyim derken ona dönüşmüştüm. Bu yüzden kıyıda nefes alamıyordum. Nefessizliğim beni boğmaya başladı. Hırıltılar içinde sıçrayarak uyandım. Gece saat üçü çeyrek geçiyordu. Kalktım, abdest aldım, teheccüt namazına durdum. İlk secdeye kapandığımda yine hıçkırıklara boğuldum.

Ertesi sabah, kahvaltı sofrası akrabalarla şenlendi yine. Sohbetler edildi, çocuk sesleri, karnımızı doyuran sofrada kalbimize gıda gibi geldi. Sofra toplanmaya başlandığında doğrulacaktım ki annem, "Dünden beri betin benzun bembeyaz, hasta gibisun. Otur sen, dinlen, biz kizlarla yaparuzz," dedi. Oturdum. Babam da oturdu. Koca sofrada babamla baş başa kalmıştık. Başımı kaldırıp babama baktım. Babamın kır saçları, yanık teni, iri, heybetli başı birden köpekbalığına dönüştü. Kötü bir rüyadan uyanmak ister gibi başımı hızla iki yana salladım. Babam tebessüm ederek, "Nediysun kizum, hasta misun?" dedi. "Yok baba iyiyim," dedim. Sessizlik oldu. İkimiz de çayımızı içtik. "Baba," dedim, konuşmanın nereye gideceğini düşünmeyerek. Baktı bana. "Hatırlıyorum da," dedim, "çocukluğumuzda kız çocuklarını fazla sevmezdin sanki. Şimdi kız torunlarını kucağından indirmiyorsun. Artık seviyor musun kızları yoksa?" Son cümleyi söylerken muzipçe gülümsemeye çalıştım. Sanırım bu sorunun ve alacağım cevabın benim için ağırlığı anlaşılmasın istiyordum.

"Hep bu nenen yüzünden," dedi kaşlarını çatarak. "Dort usaği olduktan sonra 'bunca uşak, bir herif, bir de ben bize kim bakar, kim çekip çevirir? Bir de kizim olsun da bize baksın, ardımızı toplasun' deyip kiz çocuğu istemişler beni. E o iş senun isteğinle midur, Allah'in vermesi ile midur? Erkek olmuşum. 'Hayyy bu da uşak oldi, bana bakılacak bi boğaz daha geldi' diye karalar bağlamuş anam. Hatirlayrum, bana, 'Sen benim kabul olmamiş duamsun' derdi. Ba ba ba! Lafa söze bak hele! Ne ise, işte ben de kustum anama. Sırf anama mi? Tum kadin kısmına kustum. E Allah da bana uc kiz verdi mi peş peşe. Ne edeceğumi şaşirdim kaldum. Belki hatırlamazsun, ablanlarla sana bile hor davrandum bi sure, görmezden gelmeye çalistum. Aslında içim akayi da size belli etmeyrum, salak kafa işte, güya anama kizup sizden çıkaracağum. Ama sonra sen iyi ettun beni…"

"Sen iyi ettin beni mi," dedim sesim titreyerek. "Nasıl yani," diye sordum.

"Ablaların yabaniydu. Sen sokulurdun, sevgini içime akitirdun. Hatırlamayi misun, birlikte tavla oynardik, ava giderduk, balik tutmayi sever idun 'Baba beni de gotur' diye yapişirdun paçama. Ne güzel zaman geçirirduk beraber," dedi.

"Evet," dedim, "hatırlıyorum".

Sonra başka şeyler de hatırlamaya başladım. Sedat beni istemeye geldiği gece herkes gittikten sonra babamın balkonda efkârlı efkârlı sigara içtiğini, gelinliğimle evden çıkarken ağlamaktan kızarmış gözlerini, karneme bakıp söylediği, "Ha ne edeceğuz buni? Okuyacan da astronot mu olacan" cümlesinin alaylı değil iftihar dolu bir sesle söylendiğini hatırladım. İyi hatıralarım birer birer canlandı zihin perdemde. O an anladım ki, hiçbir şey toptan iyi ya da toptan kötü değil. İyiler de var, kötüler de... Ama beyin hep kötüleri seçiyor bizi korumak için. Kötü anılar biraz fazlaysa veya hayatımızda derin izler bıraktıysa, işte o zaman iyi anılar hiç yokmuş gibi geliyor insana. Oysa oradalar, tüm anılar orada, eğer elimizi uzatıp değmeye çalışırsak iyi olanlara da dokunabiliyoruz. İşte o an baba-kız güzel anlarımıza dokunmuştum usulca. Babamın köpekbalığı yanını görmeye alışmış beynim, ilk kez balık gibi çırpınan yaralı yüreğini fark etmişti. İçim doldu, ayağa kalktım, boynuna sarılıp ağlamaya başladım.

Dokuz günlük tatilin dört gününü Rize'de geçirdik. O kahvaltıdan sonra geri kalan iki günümü babamla yeni hatıralar biriktirerek ve dedelerinin kızlarımla keyifli vakit geçirdiğine huzurla şahitlik ederek geçirdim. Yine tavla oynadık. Mars ettim her seferinde. Eee, Rizeli Aysel'im ben! Kolay mı beni devirmek? Annem, "Ha kizum neden erkenden gidiyorsunuz, kalin uzun uzun," dediyse de başka planlarımız olduğunu söyleyip izin istedik. Arabaya binince eşim, "Neden kaçar gibi çıkmak istedin? Bir şey mi oldu canım?" dedi. "Yok be sevgilim ne olacak," dedim, "anneme de söyledim ya planlarımız var". Çoluk çocuk hep birden, "Ne planı anne yaa," dediler. "E," dedim, "yolumuz uzun, Çeşme üzerinden İstanbul'a döneceğiz".

Bu seferki çeşme, İzmir'deki Çeşme'ydi.

Ha bu arada, sonraki bayram Babama Duyurun Çeşmesi'nin gerçek hikâyesini öğrendim babaannemden. Meğer fakir bir adamcağız ömrü boyunca, 'Fakir geldik fakir gidiyoruz. Kimseye bir hayrımız hayratımız olamadı. Bir açı doyurup, bir susuza su tutup duasını alamadık' diye dertlenir dururmuş. Adam yokluk içinde ölünce, köylüsü aralarında para toplayıp adamcağızın hayrına bu çeşmeyi yaptırmışlar. Çocukları o kadar duygulanmış ki, çeşmenin açıldığı gün kızı göklere yüzünü dönüp sanki gök kubbedeki meleklere seslenircesine, 'Babama duyurun, çeşmesi açıldı. Babama duyurun, çeşmesi açıldı' diye gözyaşı dökmüş. İşte çeşmenin adı da buradan kalmış: 'Babama Duyurun Çeşmesi'

Artık ben çeşmeye baktığımda üç hikâye görüyorum: Fakir bir adamın hayratının hikâyesi, eşimle tanışıp âşık olmamızın hikâyesi ve çocukluk yaralarımın iyileşmeye başladığı günün hikâyesi…

Ve bu hikâyelerin her biri o kadar güzel ki...

# günah keçisi

Yine kızılca kıyamet kopmuştu evde. Kapılar çarpılmış, sesler yükselmiş, hakaretler tokat gibi suratların ortasına çarpıldıktan sonra kızı Filiz –Nebahat'in tabiriyle– evden cehennem olup gitmişti. "Sıçayım ben böyle ergenliğe," diye bağırdı Nebahat Filiz'in arkasından. "Biz ergenlik mi bildik? Anamız bir kaş göz ederdi mum gibi olurduk. Ergen falan değil, asi bunlar asi!" dedi öfkeyle. "Bebekliğinden beri böyle, boyu devrilesice," diye haykırdı.

"Hep asi! Hep uyumsuz! Hep çıkıntı! Nedir benim senden çektiğim!? Bıktım artık, bıktıııım! Yaşam sevincimi öldürdün benim, öleyim de kurtulayım artık!"

Filiz'in bebekliğinden beri bir türlü anlaşamamışlardı ana kız. Küçücük bebeğin anasıyla anlaşamayacağı ne olurdu ki? Onlarda olmuştu işte... Filiz doğduğu an ağlamaya başlamış, tam iki yıl neredeyse hiç durmadan ağlamıştı. Ağlamaktan çatlanmayacağını kızını büyütürken bizatihi yaşayıp görmüştü Nebahat. Zira öyle bir şey olsaydı Filiz çoktan çatlardı. Ama kendisi çatlamamış, ağlaya ağlaya başta annesini olmak üzere sırasıyla babasını, arada bir karıkoca azıcık dinlensinler diye rica minnet bebeğe bakması için eve çağırılan anneannesini, babaannesini, halalarını, teyzesini, üst üste değişen yedi bakıcıyı çatlatmıştı. Kolikli bebek diye bir şey vardı. Tamam da kolik dediğin altı ayda, bilemedin bir yılda geçerdi. Filiz'inki geçmemişti. Nebahat için annelik denen şey daha ilk bebeğinin ilk yıllarında cehennem azabına dönmüştü. Zaten Filiz'den sonra bir daha çocuk düşünmemiş, Filiz bir yaşını doldurmadan hem spiral hem doğum kontrol hapı hem kondom kullanmak suretiyle, 'Allah'ım ben çocuk mocuk istemiyorum. Sen dileyene ver' duasını en kavli şekliyle yürürlüğe sürmüştü. Hatta tüm bu önlemlerle yetinmeyerek 'Doğum kontrol yöntemi kullansan bile hamile kalma ihtimali var. En etkili yol uzak durmak' diye düşündüğünden baş ağrısı, bel ağrısı, yorgunluk gibi türlü sebeplerle eşini kendinden olabildiğince uzak tutmuştu. Bu en etkili doğum kontrol yöntemi tutsun diye de kendini saldıkça salmış, kilo aldıkça almış, eşi ve çocuğu için süpürge ettiği saçlarının süpürge sapından farkı kalmaz olmuştu. Gerçi eşine söyledikleri yalan da değildi hani. Sürekli ağlayıp duran, uykusu kuşlardan bile hafif bir bebeği pışpışlayıp durmaktan insanda ne hâl kalıyordu ne bel ne de baş...

Bebeğin derdini öğrenmek için aylarca doktor doktor gezdiler. O yetmeyince hocalara okuttular. Nefesi kuvvetli kimi duydularsa soluğu yanında alıp duasını aldılar ama yok, olmuyordu. Filiz bir türlü sakinleşmiyor, rahatlamıyor, şöyle bir huzur içinde uyuduğunu kimse görmüyordu. İş böyle olunca Nebahat ve eşi günbegün daha öfkeli insanlara dönüştüler. Bu ağlamalara sebep hiçbir hastalık bulunamadığı her doktor kontrolünde, okunmuş suyun fayda etmediği sönen her bir ümitte bebeklerine daha da bilendiler. Zira bir hastalığı olsa anlarlar, sabrederler, hak verirlerdi. 'Çocuğun şu derdi varmış, şundan ağlıyormuş, ne yapalım geçene kadar sabrederiz artık' diye düşünürlerdi. Peki bunca ağlamaya sebep neydi? Hiç! Sebebi bulunamayan koca bir hiç... Nebahat'in cümleleriyle: 'Bu çocuk gıcıklığına ağlıyordu resmen!' Doğduğu aileyi sevmediğinden, annesine hayatı zehretmek istediğinden, asiliğinden, uyumsuzluğundan, çıkıntılığından gözyaşı döküyordu. Sebep başka ne olsundu?

Zaten hikâyenin geri kalanında da Filiz ile annesi Nebahat'in ilişkisi dönüp dolaşacak, yine Filiz'in asiliğine, uyumsuzluğuna, çıkıntılığına dayanacaktı. Nebahat ne yapsındı? Belli ki bir günah işlemişti, Rabbini gücendirmişti de Allah ona böyle bir çocuk vermişti. Gerçi tövbe etti defalarca. Çocukken oyun olsun diye basıp kaçtığı ziller için, eğlence olsun diye aradığı, 'üfff' diye telefona üfleyip fitil ettiği bakkal Rüstem amca için, bir keresinde içine çamaşır suyu döktüğü babaannesinin su dolu takma diş bardağı, kopya çektiği fen ve matematik sınavları, kılmadığı namazlar, arkadaşlarıyla kırdığı okullar, gittiği kafeler ve daha bir sürü şey için hep tövbe etmişti ama kabul olmamıştı demek ki. Adakları tutmamış, 4444 tefriciyesinin Rabbi katında hatırı sayılmamış, mesabesi okunmamıştı. Nitekim ne yaptılar ne ettilerse Filiz bebek huzur bulmamıştı.

İki yaşına kadar ağlayan Filiz, iki yaşını geçince sustu susmasına ama bu süre içinde Nebahat'in zaten ilk günden beri ağır aksak devam eden evliliği de sustu. Ayrıldı karıkoca. Nebahat çok şaşırdı kocasının boşanma talebine. Kocası, 'Bir de şaşırıyor musun? Karıkoca mıyız ulan biz? Ne zaman sarıldık, ne zaman öpüştük, ne zaman seviştik en son? Varsa yoksa senin yorgunluğun, mutsuzluğun, kısmetsizliğin. Bıktım ulan bıktım! Ben varken yeterince yorgun, yeterince mutsuzdun. Biraz da bensiz yorul, bensiz mutsuz ol,' deyip yine –Nebahat'in tabiriyle– cehennem olup gitti evden. E giderdi tabii! Bulmuştu bu asi, bu uyumsuz, bu çıkıntı çocuğu yamayacak bir ana! Bırakıp gitsindi. Zaten tüm bu olanlar Filiz'in yüzünden değil miydi? Azıcık uslu olsa, azıcık uyumlu olsa, azıcık huzur verse ana babasına evlilikleri biter miydi hiç? Ah Filiz ah! Anan seni doğuracağına taş doğursa yeriydi.

Nebahat boşandıktan sonra daha öfkeli biri oldu. Veresiye vere vere kalmamıştı Nebahat'te. Küçük kız, haberi bile olmayan bir veresiye defterinde ödeyemeyeceği kadar çok borcun altına imza atmıştı. Filiz'in ağlamalarının geçip inatlaşma döneminin başlaması, Nebahat'in öfkesinin tuzu biberi oldu. Her şeye 'hayır' diyordu Filiz. Yemekten sofra kurmaya, temizlikten ütüye, annesinin yaptığı ne varsa 'Ben yapıcaam' diye atılıyor, her atılışında ya bir şeyler kırılıp döküyor ya da elini kolunu yakıp kendine zarar veriyordu. Eee öfke duygusu öyle yazıda durduğu gibi uslu durmazdı. Nebahat'in canına tak edeli, öfkesi boyunu geçeli uzun zaman olmuştu. "Sen ne baş belası çocuksun! Baban bırakıp gitti seni, böyle devam edersen ben de çekip gideceğim" diye bağırıp sövmesinin hemen ardından dövüyordu Filiz'i. Eee atalarımız boşuna mı 'Nush ile uslanmayanı etmeli tekdir, tekdirden anlamayanın sonu kötektir' demişti? Bazı çocuklar nushtan da tekdirden de anlamıyordu işte. Bu işin sonunun kötek olması Nebahat'e göre tek çareydi.

Filiz biraz daha büyüyüp ilkokula başladığında daha sessiz bir çocuğa dönüşmüş olsa da evdeki sesler durulmuyordu bir türlü. Nebahat kızına bakıyor ve muhakkak ona asi gelen, uyumsuz gelen 'çıkıntı' bir yönünü görüyordu. Ya altına kaçırıp annesine iş çıkarıyordu, ya sınıf arkadaşlarından daha geç okuma öğreniyordu ya okulda kalem kutusunu unutuyor ya geceleri olmayan canavarlardan korkuyor ya da hiç durmadan tırnaklarını yiyordu Filiz. Nebahat, Filiz'e her baktığında makûs kaderi; karşısında siyah saçları, iri siyah gözleri, koca çerçeveli turuncu gözlükleriyle ona bakıyordu. Kadersiz Nebahat, yıllar boyu ağlayan bebeğini pışpışlamaktan insanlığından çıkan Nebahat, terk edilen Nebahat, bir huzur yüzü görmeyen Nebahat, çocuğu asi Nebahat, çocuğu Allah'ın cezası Nebahat, ah Nebahat, vah Nebahat'ti. Filiz ise bir anne için ancak makûs bir kaderdi.

Böyle böyle geçti yıllar. Anne kızın yıldızı hiç barışmadı. Filiz ile Nebahat, Allah'ın hiçbir günü gerçek anlamda ana kız olamadılar. Günler geçti, mevsimler değişti, sonunda zurnanın zırt, ebeveynlerin 'eyvah' dediği ergenlik dönemi geldi. Bedeniyle birlikte gücü de büyüyen Filiz, annesiyle her tartışmada kapıları çarpmaya, eşyaları fırlatmaya, evden çıkan kavga sesleri soğuk bir nefes gibi tüm apartmanı sarmaya başladı. Nebahat meydanı boş bırakmıyordu tabii. Anneydi o! Ne yapsa hakkıydı. Kolay mıydı Filiz gibi bir çocuğu büyütmek, bugünlere getirmek? Azıcık saygıyı hak ediyordu elbette. Filiz bağırdıkça anne Nebahat daha çok bağırıyor, 'Yapamadık! Çok şımarttık seni!' deyip kendisine itaat etmesi için ne gerekirse yapıyordu.

Sonra bir gün geldi, 'Seni doğuracağıma taş doğursaydım' lafını on altı yıllık ömründe sayısız defa duyan Filiz, taş olayım, başımdaki taşın altında huzur bulayım diye midesine taş gibi oturan ilaçlar içti. Nebahat sofrayı kurmaya çağırmıştı da odasından ses çıkmayınca öfkeyle dalmıştı kapalı kapıdan içeri. Öyle bulmuştu kızının kendinden geçmiş hâlini. Bir intihar mektubu bile yoktu yanında. Ölürken dahi söyleşmek istememişti demek annesiyle. Zor yetiştirdi hastaneye kızını Nebahat. İyileşir iyileşmez de doğru psikiyatriste...

"İşte böyle doktor hanım," dedi öfkeden akan gözyaşlarını silerek. "Bakın sinirden elim ayağım titriyor. Bunu da yaptı bu kız! Yıllardır yaptığı ettiği yetmiyor gibi... Bunu da yaptı bana!"

"Sakin olun Nebahat Hanım. Buyurun bir yudum su için," dedi Doktor Selma Hanım. "Üzgünsünüz, yorgunsunuz. Sizi dışarı alayım, istirahat edin biraz. Ben Filiz'le konuşayım."

Filiz odaya girmeden, Doktor Selma Hanım not defterine ufak notlar aldı. 'Bunu da yaptı bana' yazdı 'bana' kelimesinin altını tükenmez kalemle iki defa çizerek. Karşısında kızının intihar girişimini, yani genç bir kızın içinde kopan kasırgayı, yüreğini yakıp bitiren yangını, geleceğe dair sönmüş ümitlerini, anlaşılmayı bekleyen kederinin dışavurumunu kendine karşı yapılmış bir eylem gibi ifade eden bir anne olduğunun altını çizdi kalemiyle. Sonra Filiz girdi odaya. Ürkek, yorgun, bitkin, on altı değil altmış altı yaşında, genç değil ihtiyar bir kız gibi oturdu doktorun karşısına. Dakikalarca odada çıt olmadı çünkü çıt fazlaydı Filiz'e. Taşıyacak bir çıtlık yeri kalmamıştı. Filiz sustu, doktor sustu. Filiz susarak konuştu, doktor susarak dinledi. Filiz susarak, 'Yorgunum' dedi, 'Artık yetti' dedi, 'Bir günah keçisi ben miyim' dedi, 'Filiz doğacağıma taş doğsaydım' dedi, 'Ben neden böyle bir annenin kızıyım' dedi, 'Ne yaptım ben bu kadına' dedi, 'Artık yaşamak istemiyorum' dedi. Doktor susarak 'Ah küçüğüm ne çok acı var içinde' dedi, 'Eğer istersen paylaşayım seninle' dedi, 'Burada seni hiç kimse kırıp dökemez, izin vermem' dedi, 'Eğer istersen sana çiçeklerin hâlâ açtığını gösteririm' dedi, 'Bana elini uzatsan yeter, tutarım' dedi. İkisi de sustu ve ikisi de birbirini gayet net duydu.

Seanslar boyu sustu Filiz. Sustu Doktor Selma Hanım. Nebahat seanslar boyu konuştu. Şikâyet etti önce kızını, sonra onu bırakıp giden kocasını, yardım etmeyip hastalığını, yaşlılığını bahane eden annesini, bir gün herkesin onun eline düşeceğini ve o gün kimseye aman vermeyeceğini, yanında yöresinde olmayanları nasıl bir kalemde sildiğini, insanların kalleşliğini, kızının bile ona kötülük yaptığı bir dünyanın zaten iyi olamayacağını tekrar tekrar anlattı doktora. Her anlatışını "Ama haksız mıyım Doktor Hanım? Siz olsaydınız böyle yapmaz mıydınız?" cümlesiyle bitirdi muhakkak. Doktor gülümsedi. Defaatle, "Herkes kendi açısından haklıdır zaten Nebahat Hanım," dedi. Sonra usulca ekledi: "Peki diğer insanların bakış açıları, onların yaşadıkları, onların duyguları? Biraz da burayı konuşalım mı? Annem dediniz, eski eşiniz ve tabii Filiz... Onlar bahsettiğiniz bu süreçlerde neler yaşamışlardır sizce?" "Aman be doktor," diye çıkıştı Nebahat. Her defasında yine kendi açısından cevap verdi soruya.

"O hayırsız anam kimseyi düşünmez. Bir kere iyi bir anne olsa sarıp sarmalar kızını. Zor zamanında destek olur. Yaralarını sarar. Nerede? Hani nerede? Bu mu annelik?!" diye konuşurken Nebahat kızını sarıp sarmalamadığını, zor zamanında destek olmadığını, yaralarını sarmadığını, şikâyet ettiği anneliğin aynısını kendi kızına yapmakta olduğunu fark etmiyordu.

Kızının öfkesinden, uyumsuzluğundan, huzursuzluğundan şikâyet ederken kendi öfkesinin, uyumsuzluğunun, huzursuzluğunun farkına varamıyordu.

Eski eşi, ah o boyu devrilesice eski eşi! Sanki Filiz'i çeyizinden mi getirmişti Nebahat? Sevişirken keyfini sürmeyi biliyordu da sonucu böyle olunca niye çocuk onun başına kalıyordu? Yazık değil miydi ona? Günah değil miydi?

Bu soruların cevabını Doktor Selma Hanım da merak etti. Filiz'in babası Turgay Bey'i arayıp durumu anlattı ve kızının iyileşmesine faydası olacağını söyleyerek bir seansa davet etti. İkiletmeden geldi Turgay Bey. Tüm yaşananları kendi penceresinden bir bir anlattı:

"Biz Nebahat'le kaçarak evlendik. Benim ailem Şanlıurfa'nın varlıklı, geniş bir aşireti. Bizim aşirette daha sen doğmadan kiminle evleneceğin, ne iş tutacağın bellidir. Baban seçer senin için eşini de işini de. Sana söz düşmez. Bana da büyük amcamın küçük kızını münasip görmüştü babam. Hacer'di adı. İyi kızdı Hacer, hoş kızdı ama işte bilirsiniz o yaşları Doktor Hanım, benim gönlüm yoktu onda. Ya da belki bana dayatılana karşı çıkacak kadar kanı deliydim. Nebahat'i de tanımazdım hoş, lakin göz göze gelmişliğimiz, birbirimize gözümüzle, gülüşümüzle ümit vermişliğimiz çoktu. Tabii neredee, babanın karşısına çıkacaksın da 'ben şu kızı istiyorum' diyeceksin? Ne mümkün! Ne istediğimi de ne istemediğimi de söyleyemeden babama, Nebahat'e 'Kaçalım bu gece' diye not gönderdim. He, dedi. Kaçtık. Meğer onun benden önce bir sevdiği, görüştüğü varmış. Çocuğun anası istememiş evlenmelerini. 'O kızı alırsan ne sütüm ne analık hakkım helal sana' demiş. Çocuk da bırakmış bunu ortada. 'Anamı üzemem,' deyip kesmiş görüşmeyi. Nebahat öfkelenmiş tabii. Sevdiğini kaybettiğine yanmış, ortada kaldım diye yanmış, adım çıktı diye yanmış, beni değil de anasını seçti diye daha çok yanmış. Öfkeyle kavrulmuş yüreği. İçinden ahdetmiş: 'Karşıma ilk çıkanla evleneceğim. Göstereceğim bu Rüstem'e beni terk etmeyi. Ardımdan ağlasın dursun' diye. Karşısına da ilk ben çıkmışım. Tüm bu olanları evlendikten sonra bir köylümüzden öğreniyorum ben tabii, bilmiyorum o zamanlar. Yani anlayacağınız Doktor Hanım, ikimiz de denize düşmüşüz, birbirimize zehir olacağımızı bilmeden yılan olup sarılmışız.

"Daha ilk günden başladı tartışmalarımız. Onun gönlü bende değil zaten. Her hâlinden belli uzaklığı. Sanki zoraki duruyor yanımda. Ben de koca aşireti karşıma almışım, başka şehre gidip yeni bir hayat kurmak için tüm zorluklara katlanmışım, para yok pul yok... Anamla gizliden araşıp görüşüyorduk ilk zamanlar. Babam duyunca dövmüş anamı, elleri kırılasıca, yasaklamış adımın anılmasını evde. 'Turgay öldü! Değil mi ki bizi ele güne rezil etti, toprak oldu benim için' demiş kapatmış konuyu. Ben maddi manevi bunca zorluk yaşıyorum, eve gelip uğruna herkesi karşıma aldığım eşimle huzur bulayım istiyorum. Ne mümkün! Daha Filiz yok ha ortada! Eften püften sebeplerden hep kavga hep dövüş. Sonra Filiz'im doğdu. Sürekli ağlardı yavrum. Geceleri çoğunlukla ben kalkıp bakardım. Nebahat döverdi çocuğu. Yalan yok Doktor Hanım, zaman zaman ben de dayanamadım bir iki vurdum yavruma. Ama inan olsun hiç istemedim. Çok dayak yedim ben küçükken. Aynısını kızıma yaşatmak hiç istemedim. Sonra baktım bu evlilik yürümüyor. Ben bu kadından ayrılsam daha huzurlu olacağım. Çocuğuma daha iyi babalık yapacağım. İşime gücüme daha iyi sarılacağım. Çıktım karşısına konuştum. 'Olmuyor' dedim, 'yıpratmayalım birbirimizi' dedim. Saydı sövdü ağız dolusu. Anamdan girdi babamdan çıktı afedersin. Dayanamadım, vurdum bir tane. Elim kırılaydı da yapmasaydım. Gitmiş darp raporu almış, uzaklaştırma kararı çıkartmış bana. Haftalarca göremedim çocuğumu. Mahkemeye raporu, uzaklaştırma kararını falan gösterince velayeti de alamadım. İki haftada bir pedagog eşliğinde görme izni verdi mahkeme.

Neymiş, öfke kontrol bozukluğum varmış. 'Tamam ulan' dedim, 'tedaviyse olurum'. Terapiye başladım, bir yıl terapi gördüm. İyi de yapmışım. Aldım bilirkişi raporumu, mahkemeye sunup hafta sonları kızımı yatılı almayı talep ettim. Mahkeme sonucu olumlu oldu. O zamanlar Filiz dört yaşındaydı. O günden bugüne her hafta sonu Filiz'im benimle kalıyor. Aramız gayet iyi. Yani o ne dedi bilmiyorum tabii ama en azından ben öyle hissediyorum. Bağımız kuvvetlidir. İntihar olayını duyunca deliye döndüm. Ah bu kadının çenesi! Yıllardır; annesidir, ana kızı ayırmayayım dedim ama bardağım taştı artık. Mahkemeye başvurdum kızımın velayeti için. Gelsin, bana taşınsın yavrum."

Doktor Selma Hanım Nebahat ile Turgay'a teşekkür edip seanslara Filiz'le devam edeceği bilgisini verdi. Nebahat, doktorun yanından ayrılırken, "Tamam Doktor Hanım, siz güzel güzel tembih edersiniz Filiz'e, yapmasın böyle şeyler. Uyumlu olsun, muti olsun annesine," demeyi ihmal etmedi. Filiz hâlâ susuyordu. Doktor Selma Hanım da susarak suskunluğuna saygı duyuyor, sabırla Filiz'in konuşacak gücü bulmasını bekliyordu. Birkaç suskun seanstan sonra o gün geldi. Filiz ilk kelimelerini etti.

"Neden yaptım biliyor musunuz," dedi. "O gün, yani intihar ettiğim gün, yine üstüme gelmişti annem. Konu neydi inanın hatırlamıyorum ama içim birden bir hatıraya uçuştu. Okuldan çıkmışım. Eve yürüyerek geliyorum. İlkokul ya birdeyim ya ikide. Arkadaşımla oynayarak, gülüşerek yürüyoruz evlerimize doğru. Önce arkadaşımın evinin önüne geliyoruz. Arkadaşım 'Güle güle' deyip ayrılıyor yanımdan. Eve gidiyor. Ben kendi evime doğru yürümeye devam ediyorum. Arkadaşım yanımdan ayrıldıktan sonra fark ediyorum ki çişim gelmiş! Çocukluk işte. Oyun oynarken fark etmemişim. Nasıl sıkışmışım aslında, ruhum bile duymamış. O gidince öyle bir bastırıyor ki sıkışıklığım, bacaklarımı sıka sıka küçük adımlarla yürümeye çalışıyorum eve doğru. Bir noktada çok dayanılmaz oluyor. Karnım ağrıyor, kasıklarım yanıyor. Sanki o çişi koyuvermek dünyadaki en büyük rahatlama olacak gibi geliyor. Bırakıyorum. Külotlu çorabım, lacivert önlüğüm, ayakkabılarım sidiğe bulanıyor. Koşmaya başlıyorum kimse görmesin diye, utanıyorum. Öyle çok utanıyorum ki, sanki tüm sokak durmuş, herkes işi gücü bırakmış, evde oturanlar cama balkona çıkmış bana bakıyor gibi geliyor. Yüzüm alevleniyor, yüreğim daralıyor. Öyle koşuyorum eve. Bir bakıyorum kapımızın önünde bir sürü kadın ayakkabısı var. Belli ki misafir gelmiş, ev çok kalabalık. Utancım artıyor. Ya görürlerse diye alev alev kavruluyor içim. Kapıyı çalmadan hızla ayakkabımı ve külotlu çorabımla külotumu çıkarıp çantama sokuşturuyorum. Üstümde eteklerimden belime doğru yer yer ıslanmış önlüğüm kalıyor sadece. Kapıyı çalıyorum çantamla çıplak bacaklarımı örtmeye çalışarak. Annem kapıyı açıyor. Açar açmaz hızla süzüyor beni baştan ayağı. Fark etmesin diye dualar ediyorum başım önümde, ama nafile (!) fark ediyor. Bana bin kişi gibi kalabalık gelen misafirin duyabileceği bir sesle 'Ayyyy altına mı işedin sen!' diye paylıyor beni. 'Koş çabuk temizlen, leş gibi kokmuş her tarafın' diyor. Kızıyor. Çantamı alıyor eline. Sidikli kıyafetlerimi iğrenerek çıkarıyor tek tek. 'Bir de çantana mı tıktın! Kitapların da ıslanmış salak. Ne olacak bunların hâli' diye diye bir yandan beni banyoya itiyor bir yandan yüzündeki o iğrenme ifadesiyle bir bana, bir sidikli kıyafetlerime bakıyor. Herkes duyuyor, herkes bana gülüyor, herkes içeride bunu konuşuyor gibi hissediyorum. Yer yarılsa da içine girsem, ölsem gitsem, yok olsam diyorum. O kadar kuvvetli bir his ki bu. Çişimi bıraktığımda yaşadığım o derin rahatlamayı yaşarmışım gibi geliyor. O gün aynı his doldu içime. Sanki hayat çişini tutmaya çalıştığında kasıklarında yaşadığın o sancı gibi de ölünce tüm sancım bitecek, rahatlayacakmışım gibi hissettim. O rahatlama hissine çok ihtiyacım vardı, içtim hapları…"

Doktor Selma Hanım Filiz'e beyaz bir defter uzattı. "Yaz bunu," dedi. "Bana anlattığın gibi içini akıt bu deftere." Filiz beyaz kaplı, içi satırsız, bembeyaz defteri açıp yazmaya başladı. Doktora anlattığını yazdı önce, sonra başka bir hatıra, sonra başka bir hatıra, sonra bir tane daha… Yazdı ağladı, ağladı yazdı. Seans bitiminde defteri kapatırken yazdığı her kelimeyi göz yaşıyla sulamış, hatıralarını nadasa bırakmış gibiydi. Filiz seanslar boyu anlatmaya ve yazmaya devam etti. Duygularını anlattıkça, yazdıkça, yaş olup gözünden akıttıkça azar azar nefeslik yerler açıldı sadrında. Nefes almaya başladı. Sonra bir gün Doktor Selma Hanım bebek Filiz'i dinlemeyi teklif etti Filiz'e. "Olur," dedi Filiz. Doktor Selma Hanım hipnoterapistti. Filiz'le karşılıklı oturdular. Selma Hanım'ın verdiği telkinlerle Filiz rahatladı ve bir noktada hipnozun derin sularına daldı.

"Kaç yaşındasın?" diye sordu doktor.

"Yaşımda değilim, bebeğim," diye yanıtladı Filiz.

"Ne yapıyorsun?" dedi.

"Yatağımdayım," dedi Filiz. "İçim sıkışık. Rahatlamak istiyorum, rahatlayamıyorum."

Filiz, konuşurken sanki küçük bir bebekmiş gibi sesini inceltiyor, elini ayaklarını bir bebek gibi hareket ettiriyordu. Bebek Filiz'in içinde hissettiği rahatsızlık hâli bu yaşındaki bedeninde açıkça görülüyor, acı çeker gibi kıvranıyordu.

"Etrafına bak ve bana gördüklerini anlat," dedi doktor.

"Annem babam kavga ediyorlar," dedi Filiz. "Bağırıyorlar birbirlerine. Yüzleri asık. Annem 'Cehennem olup git. Bıktım senden' diye bağırıyor babama. Korkuyorum. Boğazım düğüm düğüm. Ağlamak geliyor içimden. İçimi seller basıyor sanki. Taşıyorum. Bağıra bağıra ağlıyorum."

Filiz, bebek hâlinin gözyaşlarını akıtmaya başlamıştı. İçli içli ağladı bir süre. Sonra durdu. Sustu. Bir şeyleri görmeye çalışıyor gibiydi.

"Ne oldu," diye sordu doktor.

"Ben ağlayınca durdular. Kavga etmiyorlar. Annem babama bağırmıyor. Beni kucağına aldı, sertçe pışpışlıyor. Korkuyorum, daha çok ağlıyorum. Rahatlayamıyorum. Annem 'Sus,' diye bana bağırıyor," dedi Filiz.

Doktor Selma Hanım bebek Filiz'in gördüklerini, düşündüklerini, hissettiklerini yazdı bu defa beyaz kaplı deftere. 'Ben ağlayınca susuyorlar. Kavga etmiyorlar' yazdı, 'Annem artık babama bağırmıyor, bana bağırıyor' yazdı, 'Rahatlamak istiyorum' yazdı, küçük bebeğin korkularını, içindeki düğümü, acıyı, annesinin babasına, aslında en başında onu terk eden sevdiğine duyduğu öfkeyi nasıl da evladına aktardığını yazdı.

Doktor Selma Hanım Nebahat'ı arayıp seans almasının faydalı olacağını uygun bir dille ifade etti. "Zor zamanlardan geçmişsiniz Nebahat Hanım. Yaşadığımız olaylar kaybolup gitmez. Mıh gibi yüreğimize saplanıp kalabilir. Sizin yükünüz size fazla gelmiş belli ki. Dilerseniz gelin sırtınızdaki yükleri beraber azaltalım" dedi. Nebahat, "Ah Doktor Hanım ah! Yaramı deştiniz resmen. Neler çektim ben neler! Hâlâ çekiyorum. Boyu devrilesice adam kızın velayetini alacakmış. Bitmedi benimle savaşı. Anlatsam roman değil ansiklopedi olur. Zaten nasıl ihtiyacım var konuşmaya, dertleşmeye. Bu Filiz'le babası yok mu…" diyordu ki, Doktor Selma Hanım "Yarın saat üç uygun mu," diye sözünü kesti Nebahat'ın. Nebahat, "Uygun," dedi ama ertesi gün bir mazeret uydurarak seansa gitmedi.

# tanık

Sanıyorum biraz vaktin vardır. Eğer istersen beş on dakikada sana tüm öykümü anlatabilirim. Belki bir faydası olur, kim bilir. Ne ilginç değil mi? Koskoca bir ömür yaşadım sanıyorsun ama hepi topu beş on dakikada anlatacağın kadar bir şey aslında. Bu bana hep neyi hatırlatır biliyor musun? Allah'ın kıyamette insanlara, 'Yeryüzünde ne kadar kaldınız?' diye sormasını... Hani insanlar, 'Bir gün veya bir günden daha az' diye cevap veriyorlar ya! Bilmiyor musun bu ayeti? Mü'minûn Suresi'nde geçiyor. Neyse... İşte bu âyeti her düşündüğümde, 'Ne kadar da isabetli bir diyalog' diyorum içimden. Düşünsene, ben kırk iki yaşındayım ve kırk iki yıllık ömrü beş on dakikada anlatabileceğimi düşünüyorum. Geçmişte yaşadığım acılarımı, öfkelerimi, hüzünlerimi, aşklarımı, savaşlarımı...Hepsini zihnimde toplamaya çalışıyorum ve hissettiğim şey bu. Sanki tüm o duygular uzun yıllar sürmemiş de küçücük bir anda olup bitmiş gibi. Ne acayip değil mi? Geçmez sandığın her dert, bitmez sandığın her acı, sonsuz sandığın her mutluluk, bugünden baktığında küçücük bir ânın içine sığabilecek kadar küçülüyor. Her şey, öyle ya da böyle geçip gidiyor. Neyse konuyu dağıtmayayım, senin yapacak önemli bir işin var, malum. Tutmayayım seni, hızlıca anlatayım ben. Dedim ya, belki senin de işine yarar bu öykü.

Her şey canım taze fasulye çektiği gün başladı. Evet evet, taze fasulye. Kırılma noktam, değişimim, dönüşümüm... Her şey o gün başladı. İnsanlar genellikle hayatlarındaki büyük kırılmalar için büyük olaylar olması gerektiğini zannederler. Mesela bir kayıp! Sevdiğin biri ölür ve sen ölümle ilk kez yüzleşmenin akabinde değişmeye, dönüşmeye başlarsın. Ya da bazen bir doğum, bir evlilik sonucu hayatına katılan yeni bir kişi seni dönüştürür. Onun gelişiyle en dip karanlıklarını fark edersin, yıllarca itinayla üzerini örttüğün yaralarını açarsın, kanarsın, kanarsın, kanarsın... Sonra gün gelir kanın durur. Hani küçükken düşerdik de dizimiz kanardı ya! Açık havayla temas edince bir iki dakika içinde dururdu kan, kuruyup kalırdı. Hıh işte yürek yaraları da bazen öyle olur. Ama işte bazen de bütün bunlara gerek kalmaz. Yarım kilo taze fasulye fark ettirir sana yaralarını...

O zamanlar on dokuz yaşındaydım... İsmim Büşra bu arada, tanışmadık daha değil mi? Ne kabayım, kusura bakma. Senin ismin ne? Memnun oldum Mücella. Ne güzel bir ismin var. Sanıyorum 'parlak' anlamına geliyor, öyle değil mi? Bilmiyor musun? Hmm, Arapça dersi almıştım bir dönem, oradan hatırlıyorum. İsimlerin köklerini ve etimolojilerini incelemiştik. O zaman, yani bu ismi ilk öğrendiğimde de çok hoşuma gitmişti anlamı. Neyse... Ne diyordum, hıh, o zamanlar on dokuz yaşındaydım. Bir öğrenci evinde kalıyordum. Küçücük bir ev. Hani şu bir artı sıfır dedikleri var ya, bu ev ondan da küçük, yarım artı sıfır denebilecek kadar küçük. Bu küçücük evin kirasını çıkarmak için garsonluk yapıyorum okuldan sonra. İşten akşam on gibi çıkıyorum. Eve gelmem on biri buluyor. Sonra bir şeyler atıştırıp, derslerime bakıp, yorgun argın atıyorum kendimi yatağa.

O gün canım taze fasulye çekti. Ama nasıl çekti anlatamam. Hani hamileler aşerir ya! Öyle yoğun bir istek var içimde. Okuldan çıktım, garsonluk yaptığım kafeye giderken pazara uğrayıp yarım kilo taze fasulye aldım. Fasulyenin iyisinden kötüsünden anlamıyorum tabii o zamanlar. Satıcı kadın, 'Lokum gibi kızım bunlar,' deyince, 'Tartıver teyze yarım kilo,' dedim. Çantama attım fasulyeyi. Kafedeki saatler boyunca fasulye aklımdaydı. Nasıl bir can çekmesiyse bu, elimle masaları siliyorum, hayalimde fasulyenin suyuna ekmek banıyorum. Müşterilere hamburger menü servis ediyorum, burnuma mis gibi fasulye kokusu doluyor. Öyle bir hâl. İşim bitti, koşarak eve geldim. Attım çantamı hırkamı yatağa, çıkardım fasulye poşetini hemen ayıklamaya giriştim. Bir yandan da soğanını, domatesini kavuruyorum ki ben ayıklayana kadar kavrulup hazır olsun. Neyse uzatmayayım, attım fasulyeyi düdüklüye. İçimden de diyorum ki, on beş dakikaya pişer fasulye, ben soyunup döküneyim o sırada. İçeri gittim, pijamamı giydim, elimi yüzümü yıkadım, ders kitaplarımı çıkarıp günlük ödevlere falan baktım, derken, 'Kapatayım artık yemeği' deyip ocağın başına gittim. Düdüklünün havasını alıp bir açtım ki fasulyeler taş gibi! Sanırsın taze fasulye değil de kuru fasulye. Yahu sen bitkisin! Senin canın ne kadar ki! Düdüklüde on beş dakika pişmişsin de bir gram yumuşamamışsın! Kapağını kapatıp, biraz sıcak su çekip on dakika daha pişirdim. Yok! Yine taş gibi! Biraz olsun yumuşamıyor, nasıl hırt bir fasulyeyse. O an iş fasulyeyle benim aramda inada bindi. Tam iki saat boyunca altına su çeke çeke fasulyeyi pişirdim. Et olsa lime lime olur, nohut olsa iki saate dağılır gider bizim taze fasulye Nuh dedi de bir türlü peygamber demedi deyyus! Öyle nanik yapar bir edayla bana bakıyor tencereden. Tabii bir yandan kaynaya kaynaya ne domatesin tadı kaldı ne de su çekip durmaktan yemeğin tuzu şekeri... Olsun, pes etmedim. Dedim ya, iş inada binmişti artık. Üç saatin sonunda tam kıvama gelmese de oldukça yumuşayan fasulyeyi tabağıma koymuş ve zafer kazanmış bir komutan edasıyla sofraya kurulmuştum. Saat olmuş gece yarısı iki, ben fasulye de fasulye diye inat ede ede oturmuştum sonunda sofraya.

Bir an olanı biteni fark ettim: Fasulyenin saatlerdir pişmemesini, benim bir bitkiyle, evet evet bir bitkiyle inatlaşmamı, bu işi kazanılacak bir savaş gibi görmemi, fasulye piştiğinde hissettiğim zafer duygusunu, gecenin ikisinde dünyanın en önemli şeyiymiş gibi fasulyenin başına oturuşumu... Kahkahalarla gülmeye başladım şapşallığıma. Öyle gülüyorum, öyle gülüyorum ki gözlerimden yaşlar geliyor. İşte ne olduysa o an oldu. Hani dönüşüm, değişim falan demiştim ya. Hıh işte o an başladı her şey çünkü bir şeyi fark ettim. Bence çok komik bir olay yaşamıştım ama hiç tanığım yoktu. Bu olayı anlattığımda benimle gülecek, yıllar sonra bir yerlerde taze fasulye gördüğümde, yaşadığım olaydan çok birlikte güldüğümü hatırlayacağım hiç kimse yoktu hayatımda.

Tanık... İnsan psikolojisi için çok önemli bir şeymiş bu biliyor musun? Bir yerde okumuştum, yaşlılar eşlerini kaybettiklerinde en çok bu yüzden depresyona girerlermiş. Çoluk çocuk kendi hayatını yaşıyor, eş dost desen çoğu ölmüş gitmiş, hayatının tanığı bir eşi var onu da kaybediyor. Yaşadıklarının bir tanığı olmayınca, yani yaşadığın anları seninle bölüşecek biri olmayınca, insan psikolojik olarak acı çekmeye başlarmış. Düşününce mantıklı gelmişti çünkü daha küçücük bir çocukken ilk taklanı attığında, salıncağa ilk bindiğinde, okula ilk gittiğinde... Yani senin için önemli bir şeyler olduğunda dönüp anana babana bakıyorsun ya hani, seni görsünler, o önemli âna tanıklık etsinler istiyorsun. İşte orada başlıyor tanık arayışı... Ben tüm bu düşünceler içinde fasulyenin başında oturuyorken, birden tanıksız yaşadığım pek çok hatıra uçuştu zihnimin karanlık dehlizlerine. İçimi yağmur öncesi göğü kaplayan kara bulutlar gibi kara bir yalnızlık hissi kapladı. Doldum, doldum, yağmaya başladım.

O karanlığın içinde belli belirsiz siluetler göründü birer birer. Biri vardı sanki sislerin ardında. Görmek için gözlerimi kıstığım, görmeye çalıştıkça daha da uzağıma düşen biri: Babam... Köydeyiz. Bir yaşındayım, belki iki... Hatırlıyor muyum, anlatılanlardan mı biliyorum, inan bilmiyorum. Ama sanki her ânını hafızamın duvarlarına yansıtılmış bir projeksiyondan izler gibi net görebiliyorum. Küçücük yaşımın gözleriyle bakıyorum köye, kocaman geliyor. Evler büyük, sokaklar büyük, bahçeler, tarlalar büyük, ağaçlar büyük... Ama babam 'Böyük şehre gidecem,' diyor. Büyük şehir... Ne kadar büyük olabilir ki, diye düşünüyorum. Köyümüz yeterince büyük değil mi ki babam büyük şehre gitmek istiyor. Büyük şehre gidecekmiş, çok para kazanacakmış, Alamanya'ymış adı. Anlatıyor anneme. 'Biz gideriz, yeri yurdu kurunca çocuğu da aldırırız,' diyor. Burada kalacak bir iki parça kıyafetini aldıracağını söyler gibi rahat söylüyor bunu. 'Çocuğu aldırırız!' Bu iki kelimenin iki dilli bir yılan olup tüm çocukluğumu, gençliğimi ve yetişkinliğimi zehirleyeceğini bilmemenin rahatlığıyla söylüyor.

Sonra gittiler... Onlarla ilk tanıklarım da gitti. İlk adımlarımı attığımda dönüp bakanlarım, ilk kelimelerimi duyanlarım, yere düşüp ağlamadan kalksam ve üstümü başımı silkeleyip kendimi koca kız gibi hissedecek olsam hiç konuşmasa da gözleriyle 'aferin' diyeceklerim gitti. Onlar gidince, ilk salıncakta sallanışım, ilk kaydıraktan kayışım, köy yolunda tozuta tozuta koşturduğumda üstümü tozdan arındıracaklarım gitti. Hayatımın ilk tanıkları gitti ve ben pek çok hatıramı o ânın heyecanını, coşkusunu, sevincini, acısını... İçinde her ne duygu varsa onu benimle bölüşecek kimsenin olmadığı bir ömrü yaşamaya başladım. Ha diyeceksin ki anan baban seni kime bırakıp gitti? Babaannemle dedeme bıraktılar. Onlar başımdaydı ama sağ olsunlar, aslında pek de yoktular. Yani bedenen yanında olmanın, bir çocuğun hayatında yeterli olmadığını bilmediğim o yıllarda dahi bir şeylerin yokluğunu, boşluğunu, hiçliğini derinden hissedeceğim kadar yoktular.

Dedem Mürteza Efendi, kahvelerin adamıydı. Gecelerin adamı derler ya bazılarına, hıh işte dedem de o hesap kahvelerin adamı Mürteza'ydı. Kahveci Rüstem amca o kıç kadar kahveyi büyütüp küçücük köye ikinci şubeyi açabildiyse bunda dedemin payı büyüktü. Dedemi evde gördüğümüz sayılı günlerde ne babaannem ne ben bu olayı hayra yormaz, hayırdır inşallah deyip tahtalara vururduk. Zaten dedem de olağan dışı bir durum olmadıkça durmazdı evde. Ya hasta olacak ya kahveye borcu kabaracak da emeklisini çekeceği günü bekleyecek...

Tabii olayları iki tarafından da okumak gerek. Dedem evde durmuyorsa onu evde durdurtmayan birinin olması muhtemeldi. İşte o kişi babaannemdi. Fazıla Nine... Her gün, herkese birkaç fasıl sayıp söverdi rahmetli. Oyalı yemenisinin üzerine başı ağrıyan kadınların bağladığı gibi sardığı siyah tülbendi, iri kemikli, geniş omuzlu, kilolu değilse de yapılı bedeni sayıp sövmeye müsait bir görüntü ortaya koyacak kadar heybetliydi. Kimi insanların yaşlandıkça hayatla kavgası daha da artıyordu sanki. Çocukluğundan ihtiyarlığına görülememiş tüm hesapları, verilememiş tüm cevapları, içinde bırakılmış tüm ukdeler, yaşadığı hayatın sancısı, yanlış evliliği, hayırsız evlatları... Hepsi birer zehirli ok olup diline yerleşiveriyordu. Karşısına kim çıkarsa o zehirli okla parçalıyordu ciğerini. Bazı insanların acılarından kurtulma biçimi buydu sanırım; can acıtmak... İşte babaannem o insanlardandı. İçi daralıp kalbi karardıkça nefesi burulur, nefesi buruldukça ağzı bozulurdu. Şu yaşıma değin biriktirdiğim tüm küfür repertuarım babaannemden mirastır bana. O derece. 'Senin ağzına...' diye başlayan klasik küfür demetlerinin yanına, 'Ellerin büzüşsün de taharetsiz geberesin' gibi oldukça inovatif küfürler de serpiştirirdi. Bazı acılarla baş etmenin yolu onlara gülüp geçmektir ya hani. Hatırlıyorum, çocuk aklımla babaannemin bu kırıcı dilini komik bir oyuna dönüştürmüştüm. 'Aaa bok dedi, babaannem köpek soyu dedi' gibi insan onuru, haysiyeti, yüreği için bin ton ağırlıktaki o kelimeleri alıyor, osuruk, pırt, kaka deyip gülen çocuk saflığı içinde kahkahalarımla hafifletmeye çalışıyordum.

Şimdi diyeceksin ki neydi bu kadıncağızın derdi? Neye ve kime bu kadar öfkeliydi? Hikâye uzun, senin de zamanın yok malum, ince ayrıntılara girmeyeyim. Hikâyenin içinde çocuk yaşta evlilik var, eli maşalı bir kaynana var, günde bilmem kaç posta kaynata dayağı var, peş peşe dört çocuk var, bir çocuğunu toprağa koymuşluk var... Var da var. Tabii öyküde yoklar da var. Atadan da yardan da sevgi yok, anlaşılmak yok, 'hâlin nicedir' diye soran yok, insandan sayılmak yok. İşte böyle böyle birikmişti babaannemin içinin zehri. Dolmuş dolmuş taşmıştı da dilinden küfür olup akmaya başlamıştı. O da öyle rahatlıyordu zaar. Gelgelelim yıllar boyu çatlamayan sabır taşını çatlatan kişi babam oldu. Ne yaptı da çatlattı sabır taşını dersen, cevabım, 'Gitti' olur. Evet, gitti. Büyük şehre gitti. Babaannemi kendi kaderiyle bırakıp gitti. Üç kız evladının ardından doğan tek erkek çocuğuydu babam. Babaannemin yıllar boyu üstüne hayaller kurduğu, kurtuluş bileti saydığı, 'Osman bir büyüsün de' ile başlayan adaklar adadığı kişiydi, çünkü bizim oralarda öyleydi. Kız çocuğunu verirdin, giderdi. Hatta kız çocuklarını büyütürken yemeğin etli kısmını vermezdi ana babalar. 'Elin oğlu için besleyip büyütüyoruz' derlerdi. Anayı atayı koruyup kollayacak, bağı bahçeyi evirip çevirip iş tutacak kişi, erkek evlattı. Bu yüzden tüm yatırım da onaydı. E bir şeye yatırım yapıyorsan günü gelince parsayı toplamak istiyorsun. Hatta mümkünse bire iki, üç, beş, bin almayı diliyorsun. Babaannem de yıllar boyu maddi manevi yatırım yapmıştı babama. Tam parsayı toplama vakti gelmiş, Osman büyümüş, eli ekmek tutmuş, iş görmeye başlamıştı ki, 'böyük şehir' sevdası yakmıştı babaannemin tüm hayallerini. Hep Zehra yüzündendi. Zehra kim mi? Annem. Köyün en güzel kızı, ağanın biricik çiçeği Zehra... Babamın gönlü düşmüş anneme, annemin de babama. Öyle böyle evlenmişler de babam hep ezik hissetmiş annemin yanında. Annem çok güzel, annem varlıklı, annemin o güne kadar eli sıcak sudan soğuk suya değmemiş... Babam içten içe gurur yapmış, 'Gördüğünden geri bırakamam hatunumu' demiş kendini işe vurmuş, gecesini gündüzüne yastık etmiş. Ben de bu aralarda bir yerlerde olmuşum işte. Babamın işten eve geldiği, yorgun olmadığı, öpmeye kıyamadığı annemi sevgisiyle kucakladığı gecelerden birinde... Ama köyde imkânlar sınırlı, babama yetmemiş. Bir çare arayıp tararken Alamanya haberleri düşmüş köyün bağrına. Babam duyar duymaz planını yapmış; işçi olarak bir fabrikaya girerim, sonra da ustabaşı olur, işimde yükselir, karıma görmediği kadar güzel bir hayat sunarım. Sunabildi mi? Hayır. Beni, 'Çocuğu sonra aldırırız' diye koyup gittiklerinin akabinde aylarca iş bulamamışlar oralarda. Almanya için vize, çalışma izni falan ayarlayan Mahmut emmi dolandırmış meğer bizimkileri. İş hazır, ev bark düzeninizi rahat kuracağınız şekilde hazır, kendiniz çalışır yerinizi yurdunuzu yaparsınız vaatleriyle başlayan Alamanya duası, tek göz küçücük bir odada, babamın tuvalet, annemin hastane odaları temizlediği berbat şartlar içinde geçmiş yıllarca. Boka sarmış bir hayat olmuş kelimenin tam manasıyla. Yıllar boyu, af buyur, bok temizlemişler. Fark ettiysen rivayet kipiyle anlatıyorum; öyle olmuş, böyle olmuş diyorum. Neden? Çünkü beni yıllarca aldırtamadılar yanlarına. Nereye aldırsınlar zaten? Kendilerine zar zor yeten, hatta yetmeyen, milletin kiri pası içinde debelendikleri bu hayatın neresine koysunlar evlatlarını? Çocuk görecek, evladımız nasıl diye dert edecek zamanları mı varmış? Yokmuş. Olmamış. Tamı tamına on yıl geçti böyle. Bir iki yaşımda ayrıldığım ana babamı on yıl sonra gördüm, dedemin cenazesinde.

Peki bu on yıl nasıl geçti benim için? Yalnız. Biliyor musun Mücella, insan bir noktada kendinden de sıkılabiliyor. Hep kendini görmek, kendini işitmek, kendinle sohbet etmek yoruyor zamanla. Aynı arkadaşla ya da aynı oyuncakla oynayıp dursan bir süre sonra sıkıcı gelir ya hani. Aynen öyle. O kadar kendinle kalıyorsun ki bazen, kendinle olmaktan sıkılmaya başlıyorsun. O on yılı düşünüyorum da içime dolan duygu sıkkınlık oluyor. Derin bir sıkkınlık... Sıkı can iyi olduğu ve kolay kolay çıkmadığı için yalnızlığının derin sıkkınlığı içinde batıp batıp çıkıyor ama ölemiyorsun. Ölümle yaşam arasında bir yerlerde o sıkı canınla sıkışıp kalıyorsun.

Babaannem kabullenemedi babamın gidişini. Babam giderken, "Anacım, size de iyi olur. Elimiz toptan para görür. Bağ bahçe üç kuruş için çalış didin nereye kadar? Rahat ederiz. Ben her ay para gönderirim size," dediyse de iş öyle olmadı tabii. Ne

Euro ne Türk Lirası hiçbir tür para göremedi elimiz. Bahtını babamdan yana güldürmek isteyen babaannem için bu olay kara bahtının üstüne tüy diken hadiseye dönüştü. Düşünsene, kadın rahat etsin, eli para görsün istiyor, bu olmadığı gibi bir de bakacak çocuk kalıyor eline. Bir boğaz daha! Ne acı, ne zor! Bazen hıncını öfkelendiğin kişiden çıkaramıyorsan, çıkarabileceğin en makul kişiden çıkarırsın. Babaannem için o kişi bendim. Günlük küfür ve hakaret öğünümü hiç ihmal etmezdi, sağ olsun. 'Kendi gitti ardında bu sümüklü piçi bıraktı'lar soframızdan hiç eksik olmazdı. Eğer hakaret ve küfür yemek insanı şişmanlatıyor olsaydı, çocukluk çağı obezitesi yaşamam işten bile değildi.

Ya seni de çok tuttum ama inan beklediğine değecek. Yani bence öyle. Dur bak hızlıca devam edeyim...

Sonra dedem öldü. Nerede vuku buldu olay? Kahvede! Çünkü zaten vaktinin çoğunu orada geçiriyordu adam, nerede ölsün? Okeye dönüyormuş da taş bekliyormuş rahmetli ecelinin de onu beklediğini bilmeden. Haber tavla taşı olup başımıza yağdı, okey taşı olup yüreğimize oturdu. Kolay değil. Yetmiş sekiz yıllık ömür, yetmiş sekiz yıllık yaşanmışlık, yetmiş sekiz yıllık hesap. Öyle acısını çekmeden kapatamıyorsun veresiye defterini. Babaannem de kapatamadı. Eğer iyi bir evlilik yaşamışsan, eşin ölünce onu tekrar göremeyeceğin için üzülüyorsun. Evliliğinin her ânı pişmanlık doluysa, eşin ölünce bir hiç uğruna harcadığın ömre de ağlıyorsun. O günden sonra, defter kapatmamak hususunda mahir olan fil hafızalı babaannem, açık olan 'Hayırsız Osman' defterinin yanına bir de 'Geberdi gitti, ömrümü hiç etti Mürteza Efendi' defteri ekledi. Ömrünün geriye kalan son altı yılını okumayı yeni sökmüş heyecanlı bir ilkokul çocuğu gibi bu iki defteri tekrar tekrar okuyarak geçirecekti.

İşte annemle babamı yıllar sonra ilk kez o cenazede gördüm. Yani biyolojik olarak anne babamdılar tabii ama benim için o cenazeye iki yabancı hüviyetiyle gelmişlerdi. Çünkü onları tanımıyordum. Hani masallarda Kaf Dağı'nın ardında yaşayan periler cinler falan olur ya. Annemle babam benim için o kadar masaldılar. Ama daha küçücükken öğrenmiştim ki bu masalın mutlu bir sonu olmayacaktı. Geldiler. Bana oyuncak, babaanneme pazen kumaşlı fistanlar getirdiler. Sonra babaannemin soğuk cümlelerini ve eve sinmiş cenaze ağırlığını valizimize koyup beni de alarak Almanya'ya geri döndüler. Şimdi hayal et; dilini, kültürünü, hiçbir şeyini bilmediğin bir ülkede, iki yabancıyla birlikte geçen altı koca yıl... 'O zaman delirmediysem hiç delirmem herhâlde' derim hep. Diyeceksin ki, annenle babanla yakınlaşmadınız mı? Yok, olmadı çünkü onlar bana ne kadar yabancıysalar ben de onlara o denli yabancıydım. Komşu çocuğu gibiydim. Bazen düşünürüm, keşke unvanının anne ve baba olması bağ kurmaya yetse, keşke bir çocuğun evladın olması onu sevip kabullenmene kâfi gelse. Ama öyle olmuyor işte. Kendi 'boktan' işlerinin içinde debelenip duruşlarını, yıllar içinde yaşadıkları hayal kırıklıklarının ve yorgunluğun sevgilerini an be an kemirip bitirişini, kaşlarının her gün biraz daha çatılışını, bellerinin her an bir parça daha bükülüşünü izledim. Sonra üniversite zamanı geldi ve Türkiye'de bir okula kayıt yaptırıp memleketime geldim. Zaten bana 'gitme' diyen kimse de olmadı. Ve zaten ben burada –yalnız da olsam– daha bir ana kucağında hissediyordum. Anamın kucağında olduğumdan daha fazla...

Babaannem üniversite için İstanbul'a geldiğim sene vefat etti. Yalnızlığım resmileşti böylece. O güne kadar hiç yakın ilişkim olmamıştı. Ne anamla, babamla ne babaannemle, dedemle ne de başka biriyle... Bu, öğrendiğim şeydi: 'Kimseye yakın olma!

Yakın ilişki kurma!' Öğrendiğimi sürdürdüm. Okudum, çalıştım ama hiç yakın arkadaş edinmedim. Hiç evlilik hayali kurmadım. Ta ki o güne kadar... Anlatmıştım ya, taze fasulyenin pişmediği gün! İşte o gün tanıksız bir hayatın tüm acıları, kapağı tazyikli sudan patlamış bir rögar gibi bir anda boşalmaya başladı gözlerimden. Gece saat iki, bağıra bağıra ağlayarak çıktım evden. Koşmaya başladım. Nereye dersen, bilmiyordum ki... Sadece ayaklarım hareket ediyordu, ben de onları durduramıyordum. Öyle bir koşma hâli. Koştum, koştum, rotasızca, hedefsizce koştum. Nefesim bir adım daha atmama izin vermeyinceye dek koştum. Durduğum yer bir cami yanıydı, içeri girip avlusunda oturdum. Kendimi bomboş hissediyordum. Hiçbir şey hissetmeme hâli tam olarak böyle tarif edilebilir sanırım, bomboş... İşte o sırada birinin Kur'an okuyuşu ilişti kulağıma. Caminin içinde biri ağlaya ağlaya Kur'an okuyordu. Kalktım, camiye yaklaştım. Kulak kesilince fark ettim ki tek bir âyet okuyor.

Sürekli başa döne döne 'وَكَفٰى بِاللّٰهِ شَهٖيدًا' diyor. Arapça bilmiyorum, ne dediğini anlamıyorum ama âyet içime işliyor, her tekrarında yüreğimi tutup kavuruyordu. Ne dediğimi bilmeden, neden etkilendiğimi bilmeden, tanımadığım birinin yanında oturup aynı cümleyi tekrar ederek hıçkırıklarla ağladım. O an, o mescitte iki yabancı birbirimizin acısına tanık olmuştuk. Tuhaf bir şekilde orada iyileşmeye başladım, biliyor musun? Geçmişin iltihabı içimden aktıkça yeni hayatıma yer açılmaya başladı. Kendi kendime dedim ki, 'Kız Büşra, yalnızlık, tanıksızlık senin hayat motifin olmak zorunda değil. On dokuz yıl böyle geçmiş olabilir lakin sonraki on dokuz yılı nasıl geçireceğin senin elinde'. İçime bir güç, bir enerji, tarif edemediğim bir yaşam enerjisi geldi. Ve başladım. Neye mi? Kendi tanıklarımı inşa etmeye. Yani arkadaşlar, dostlar edinmeye. Ve tabii evlendim. En yakın tanığım eşim oldu, sonra evlatlarım. Böyle böyle iyileştim. Yıllar sürdü iyileşmem tabii ama diyebilirim ki, hayatımın en güzel yıllarıydı çünkü hayat boyu kimse benim için bir şey yapmamıştı. Lakin kendim, yine kendim için yıllar boyu çok şey yaptım. Bu nasıl güzel bir his anlatamam.

Yani Mücella, seni çok tuttum biliyorum ama, eğer bugün canım çilek çekti diye evden çıktıysam, her zaman çilek aldığım manav kapalı diye direksiyonu bu tarafa kırdıysam, böylece bu viyadükten geçmem gerektiyse ve seni korkuluğa tırmanmış aşağı atlama niyetinde görüp durduysam, sana öykümü anlatmışsam ve sen de dakikalardır beni dinlediysen, birbirimizin tanıklığına ihtiyacımız var demektir. Gel ver elini de ben de senin öykünü dinleyeyim. Hatta seni Ebu Zer el Gıfari Camii'ne götüreyim. Hani o gece koşa koşa gittiğim cami... Biliyor musun, Hazreti Ebu Zer yalnız yaşayıp yalnız ölmüş ve Peygamberimiz'in buyurduğuna göre yalnız diriltilecekmiş. Yalnızlığımı alan cami bir yalnızın camisiymiş meğer. Hadi gel gidelim. Bu arada âyetin anlamı neymiş dersin?

'Tanık olarak Allah yeter...'

# yapıştır

Şimdi efendim şöyle anlatayım ki, ben bir aile danışmanı, bir evlilik terapisti, bir yaşam koçu, aynı zamanda bir cinsel terapistim. Bunların hiçbirinin okulunu okumadım, alaylıyım ama inan olsun, benim diyen uzmanın alnını karışlayacak kadar çok faydam var aile kurumuna. Bu yüzden beni alaya almak isteyenlerin karşısında koçlar gibi durur, çatır çatır belgelerimi koyarım ortaya. İşkembeden atmam yani, her şey belgesiyle ispatıyla. Şu ülkede aile kurumu ayakta duruyorsa benim katkım büyük. En azından Bağcılar için önemli bir değerim ben. Bu semtteki aileler mutluluklarını büyük oranda bana borçlular. Ha diyeceksin ki hem Türkiye'ye katkım çok diyorsun hem Bağcılar'dan bahsediyorsun. Eee Bağcılar dediğin yedi yüz elli bin nüfuslu kocaman bir ilçe! Boru mu? Bugüne bugün bir Tokat'tan, Giresun'dan, Erzurum'dan, Afyon'dan ve onlarca ilden daha kalabalık, daha büyüğüz. İstanbul'un en büyük ilçelerinden biriyiz. Yani Bağcılar'da aile kurumu yaşarsa İstanbul'da da yaşar. İstanbul'un aileleri mutlu mesut olursa diğer illerin aileleri de olur. Bu iş böyledir. Bağcılar'ı yaşat ki Türkiye yaşasın!

Yappıştır!

Bana diyorlar ki, 'Okulunu okumadan nasıl aile danışmanısın'? Anlatayım. Geçen gün Necla aradı, randevu yazdırdı. Eşim dostum da olsa randevusuz çalışmam, prensipliyimdir. Yazdım öğlen saat üçe. Necla, bizim sokağın alt paralelinde oturuyor. On yıl önce gelin geldi buralara. Konyalıymış aslen. Konya usulü bir düğün yaptılar ki sormayın. Kız tarafı, 'Düğün İstanbul'da olacak madem düğün yemeği Konya tarzı olsun' demiş. Çok da iyi demişler. Düğün menüsü efsaneydi. Bamya çorbasıyla sahne açıldı. Ara sıcaklarda etli ekmek sahne aldı. Yedik, şiştik, yer kalmadı diyorduk ki bu kez etli pilav çıktı sahneye ve inmek bilmedi bütün gece. Onlarda âdetmiş, yemek bittikçe tekrar geliyor. Hem de baştan sona tekrar, tekrar ve tekrar... Bamya çorbası, etli ekmek, etli pilav, sonra yine baştan aynı menü. Gece yarısı oldu, hâlâ servis bitmemişti inan olsun. İşte bu Necla, o Necla. Pek severim kızcağızı. O da Suzan ablacım der, başka bir şey demez. Neyse öğlen üçteki randevusuna geldi, yüzünden düşen bin parça. "Anlat," dedim, "kırk beş dakika var diğer randevuya, vaktimiz kıymetli, verimli kullanalım". Kaynanası ameliyat olmuş üç ay önce. Kalçasına protez mi ne takılmış. Büyük ameliyat, beş saat sürmüş. Kadıncağızın iki oğlu, dolayısıyla iki gelini var. Gelinlerden biri evlerden ırak. 'Yok, ben bakamam,' demiş. 'Anaysa senin anan, sen işten çıkınca gider bakarsın, hizmetini görürsün,' demiş. 'Yemeği yapılacaksa tut bir kadın yaptır,' demiş. Vır vır konuşmuş adamcağızın başında. Eee zorla iş mi yaptırılır insana, gönlün olacak ki sevabı olsun. Büyük oğlan allem etmiş kallem etmiş, 'Anacım bizim ev dar, rutubetli, rahat edemezsin. Seni Mehmetlere yatıralım, hepimiz el birliğiyle bakalım,' demiş. Mehmet kim? Necla'nın kocası. Melek gibi adam görseniz, maşallahı var. Necla desen, Allah var, o da hakkaniyetli kız. Üç aydır 'gık' demeden bakıyor kaynanasına. Baksın, ne güzel. Bu dünyada ne yaparsak nihayetinde onu götüreceğiz yanımızda. Buraya kadar sorun yok. Zaten Necla'nın suratını kireçli su rengine döndüren, bilumum denizlerde gemisi batmış kaptana çeviren, tam dolar aldığı gün döviz dibe vurmuş bahtsız yatırımcı kederine gark eden durum, kaynanasının onda kalıyor oluşu değil. Evde annesi var, ayıp olur diye kocası Necla'nın yanına varmıyormuş aylardır. Sıkıntısının, eleminin nedeni bu. Adam tutturmuş annesi varken o iş olur muymuş, ayıpmış, ya duyarsaymış, duş alınca anlaşılır mıymış... E be adam, üç aydır hiç mi duş almadın sen? Evin kartondan mı yapılmış? Duvarları kâğıttan mı? Aynı odada mı kalıyorsun annenle de ayıp olacak? Adam böyle köşe bucak kaçtıkça karısından kadıncağız da bir dertlenmiş ki sormayın. Ama nasıl dertlenmesin? Bu iş hem fiziksel hem ruhsal bir ihtiyaç sonuçta. 'Ben seni anladım Necla'cığım, çok haklısın olacak iş değil,' dedim. 'Şimdi sana bir teknik uygulayacağım, bak gör bugünden tezi yok balayı çifti gibi olmazsanız benim adım da Suzan değil,' dedim. Uyguladım.

Yappıştır!

Bir nevi terapi benimki de sonuçta. Bedene de terapi gerek. Eve gitti o gün, ertesi gün zırrrr telefon çalıyor. 'Buyurun,' dedim, 'ben Suzan'. 'Suzan abla, Allah senden razı olsun. Kocam sahalara geri döndü,' diyor telefondaki ses. 'Kimsiniz, hayırdır,' falan derken anladım ki bizim Necla bu. Öyle de etkili terapi uygularım söylemesi ayıp. Lafla olmaz bu işler, belgelerle konuşacaksın, icraatını delil göstereceksin.

Tabii ki bir nevi evlilik terapistiyim de. Bak onu da anlatayım. Bizim Semercilerin Lale, yenice doğum yaptı. Bu Semerciler çok zengin aile. Hani semer yüküyle paraları var desek cuk diye oturur. Gözümüz yok, Allah helalinden daha çok versin. Babasının hikâyesi tam bir başarı hikâyesidir, pek severim. Adamcağız küçücük bir manifaturacı dükkânıyla başlamış ticarete. İsmi Mümtaz. Mahalleli, Bezzaz Mümtaz dermiş o vakitler. İşte bezzaz, kumaş satan kişi demekmiş eski dilde. Adı öyle anılır olmuş. Sonra bu Bezzaz amca büyütmüş işleri, Allah da yürü ya kulum dediyse demek, almış yürümüş. Eminönü'nde kaç tane dükkân açmış, sonra Bursa'da kapalı çarşıda, Ankara Ulus'ta derken ulusal çapta kumaşçı olmuşlar. Lakin bu kudretli tüccarın erkeklik kudreti tek çocuğa yetmiş. Bir tanecik oğulları olmuş. O da yıllar süren tedaviden sonra. Tek çocuk ya, üstüne bir düşmüşler karıkoca sormayın. Tam donanımlı, eğitimli, ahlaklı büyütmüşler çocuklarını. Nihayetinde Bursa'daki dükkânın müdürü olarak başlatmışlar işe. Sonra bir gün ela gözlü bir dilber giriyor dükkâna, 'Gözümün renginde kumaş arıyorum' diyor. Çocuk bakıyor kızın gözüne, yeşile çalan açık kahve. 'Bu kumaş nasıl,' diye tutuyor kızın iri gözlerine doğru. Sonra kendi tuttuğunu beğenmiyor, 'Yok bu renk değil gözünüz bir daha bakayım,' diyor. Bir kumaş gösteriyor. Sonra bir daha bakıp bir kumaş topu daha çıkarıyor. Her bakış bir ok oluyor da deliyor delikanlının bağrını. Beraber ela göze kumaş bakma hikâyesi kısa sürede gelinlik kumaşı bakmaya dönüyor. Lale'yle böyle evleniyor Semercilerin Murat.

Lale pek tatlı kız. Semerciler de gözünün içine bakıyorlar hem tek oğulları mutlu olsun yuvasında diye hem de tek oğullu aileye boy boy torunlar gelsin diye. İşte o beklenen torunların ilki geldi yakın zamanda. Nur topu gibi bir oğulları oldu Lale ile Murat'ın. Mümtaz Bey hiçbir şeyi esirgemedi gelininden, Allah'ı var. Prensesler gibi doğum yaptı Lale. Doğumun adı bile prenses doğummuş. Artık neyse o, biz bilmeyiz öyle prenses falan tabii, anam usulü doğururuz çatır çatır. Neyse, her şey iyi güzel derken doğumdan sonra Lale'ye bir hâller olmuş. Bir dakika bırakmıyormuş bebeğini kucağından. Bırak kayınvalideyi kayınbabayı, bebeğin babasına bile vermiyormuş çocuğu. 'Benim bebeğim bu, siz zarar verirsiniz, o daha çok körpe, beni istiyor bebeğim, sizi istemiyor' deyip duruyormuş. Doğumdur, normaldir, lohusadır falan demişler başta. Anlayış göstermiş tüm aile ama günler geceler geçip, Lale yemeyip içmeyip, uyumayıp sürekli bebeği emzirmeye başlayınca tutup doktora götürmüş eşi, ela gözlerine vurulduğu karısını. Tabii kaynanası da 'Göz değdi çocuklara, bir okutalım, nazardan hep bunlar' deyip nefesi kuvvetli hocalarda almış soluğu. Çift kanatlı tedavi başlamış. Doktor, 'İlk doğumlarda gördüğümüz bir durum, korkmayın. Hava değişimi iyi gelebilir, annesi hayattaysa varsın gitsin yanına. Verdiğim ilaçları da muhakkak içsin' demiş. Hoca da muhafaza âyetlerinden muskalar hazırlamış hem bebeğe hem Lale'ye hem Murat'a. Takmışlar muskalarını gelmişler Bağcılar'a. Neden? Çünkü Lale'nin anası babası burada. Babası polistir kızcağızın. Yurdumun pek çok şehrini gezdiler de emeklisini alınca İstanbul'a, Bağcılar'a yerleştiler.

Neyse... Lale buraya geldiğinin ertesi günü anası almış getirmiş bana. Aslında sadece annesinin randevusu vardı ama kızı bu hâlde geri çevirecek değilim tabii. Meslek etiği denen bir şey var sonuçta. Yardıma ihtiyacı olanı çeviremem kapımdan. Bir sonraki randevuyu rica minnet gün sonuna atıp aldım Lale'yi de.

Yappıştır!

Kız ağlaya ağlaya anlatıyor. 'Abla,' diyor, 'bunların tek istediği çocuk! Kendilerinin bir tane olmuş ya, çok olsun diye hep baskı yapıyorlar bize. Ellerinden gelse yatak odamızda 'hadi hadi' diye tezahürat yapacaklar, tövbe tövbe. Şimdi bir de ilki erkek çocuk oldu. Soy isimleri devam edecek diye iyice delirdiler. Çocuğun adı şu olacak, yok şu okula gidecek, şurada işe başlatır şu dükkânı veririz... Ba ba ba ba! Çocuk sizin mi benim mi? Daha bir günlük bebeye okul seçmek, iş seçmek nedir? Siz deliyseniz ben daha deliyim, dedim. Lohusalık, hormonlar falan ayağına bastım hepsine kalayı! Ama abla iyi etmemiş miyim? Çocuk benim çocuğum sonuçta, benim!'

Kız haklı. 'Haklısın,' dedim ben de. Haklıya hakkını veririm. 'Ama eksik düşünmüşsün. Geniş aileye sınır çekmek, tamam. Çocuğunun adından, okulundan, işinden onlara ne! Hatta günü gelecek anası olduğun hâlde sen bile karışmayacak, bir adım gerisinde duracak, hata bile yapsa düşüp kalkmasına izin vereceksin ki büyüsün. Ananın babanın bile görevi buyken büyük anneye büyük babaya ne olmuş? Lakin kocanı unutmuşsun,' dedim. 'Ko-ca-nı! Adamcağızın suçu ne? O değil ki sana bunları yapan. Aileni koru, koru ki tadınız kaçmasın, bebeğin huzur içinde, mutluluk içinde büyüsün. Eşine, yuvana yatırım yapar, sevgini derinleştirirsen üçüncü kişilere sınır çekmek, onları da kırmadan aile hukukunuzu korumak daha kolay olur,' dedim. 'Haklısın abla,' dedi. 'Peki nasıl yapayım sence?'

'Dur,' dedim, 'tam yerine geldin. Bağcılar'ın en ünlü evlilik danışmanının karşısındasın sonuçta. Benim de yollarım, yöntemlerim var. Emin ellerdesin. Sen bu işi bana bırak.'

Yappıştır!

Birkaç gün sonra tek başına geldi, bebeği annesine bırakmış. 'Nerede oğlan,' dedim. 'Anneme bıraktım,' dedi. 'Eşimle deniz kenarında yürüyüşe gidiyoruz. Geçerken sana uğrayıp teşekkür etmek istedim.' Baktım Murat kapıda bekliyor. Çıktım kapıya tebrik ettim. Arkalarından baktım. El ele tutuşmuşlar, daha o kumaşçıdaki göz göze gelişleri kadar muhabbetle konuşup bakışarak yürüyorlar. İşte bu da benim terapimin sonucu. Mütevazi olamayacağım. Neyse o!

Aynı zamanda çok iyi bir yaşam koçuyumdur da! Özellikle genç kızlar için. Çoğusunun annesi bilmiyor ki gençlik nedir, ergenlik nedir, genç kız bedeni nasıl büyür, gencecik ruh o bedende neler hisseder... Peh peh peh, sanırsın bunların anaları yaşlı doğmuş. Hiç genç olmamış. O kadar uzaklar mevzuya. Böylesini gördüğümde özellikle diyorum, 'Kızını bana getir,' diye çünkü kendi yol yordam gösteremeyecek, belli. Bari Suzan ablaları tutsun ellerinden. O yol göstersin. Geçen gün geldi öyle gencecik bir kızımız. Ah kuzum, nasıl da dertli, nasıl da kırılgan. 'Hiç kimse beni anlamıyor,' diyor. 'Sen anlıyor musun peki kendini,' dedim. 'Nasıl yani,' diyor. 'E güzelim,' dedim, 'sen anlayacaksın önce kendini ki başkalarına anlatasın. İçindeki duyguları sen fark edeceksin. Düşüncelerini sen görecek, neden öyle düşündüğünü ölçüp, tartıp, analiz edeceksin. Bakma sen,' dedim, 'pek çok insan kendini tanımıyor. Ne istediğini ne istemediğini bilmiyor. Hangi olay ona ne hissettiriyor, fark edemiyor. Ondan sonra da 'kimse beni anlamıyor' diye ağlanıyor. Eee sormazlar mı adama sen kendini anlıyor musun, diye. Hadi,' dedim, 'terapimizi yaparız ama önce karşılıklı bir sigara içelim.' Ben böyle deyince fal taşı gibi açıldı kızcağızın gözleri. 'Ne?! Sigara mı?' diye safa yatacak oldu. 'Kızım benim,' dedim, 'anana yutturursun da bana yutturamazsın. Ondan saklarsın da benden saklayamazsın. Üç metre öteden alırım sigaranın kokusunu da sana markasını, içindeki nikotin oranını bile söylerim. Ne sandın,' dedim. Uzattım bir sigara. Utana sıkıla yaktı. 'Olur mu ki abla, ayıp olmasın senin yanında,' diyor. 'Eee,' dedim, 'koca kızsın. Sigara şöyle zararlı, böyle zararlı demem ben çünkü bunu zaten biliyorsun. Bilmene rağmen içiyorsan, beden senin bedenindir, ben ne karışayım,' dedim. 'Ayy keşke annem sen olsaydın be abla,' dedi. 'Yok,' dedim, 'anan olsam içirtmezdim. Ablalık kontenjanı daha rahat, ben burada kalayım.' Gülüştük. Sonra aldım terapiye.

Yappıştır!

Bir saatin sonunda, 'Ayy abla valla zaman nasıl geçti anlamadım, çok rahatladım, ellerine sağlık,' diyor. 'Eee herhalde,' dedim, 'bedenini tanıyacaksın, seveceksin ki kendini de tanıyasın. Ayda bir gel, terapini yapayım,' dedim. Gitti kuzum. Sonraki gelişinde, 'Sigarayı bıraktım,' dedi. 'Hadi be! Nasıl karar verdin,' dedim. 'Bedenimi sevmeye başladım galiba abla, sağ ol,' dedi. 'Eee, yaşam koçuyuz bir yerde, işimiz bu!'

Şu işe başladım başlayalı en çok da cinsel terapi yaptım. Pek çok evlilikte yok hükmünde cinsel hayat, şaka gibi. Evliliğin en büyük şubesi ama evlenince bitiyor sanki. Farklı farklı sebepleri vardır tabii. Ben kadınları gözlemliyorum işim gereği. Erkekler bana gelmez, onlara hizmet vermiyorum. Kadınların ekserisi anne olunca bırakıyor kadın olmayı. Hatta öyle bir bırakıyorlar ki, sakal, bıyık, bacak, kasık tıraşını toptan bırakarak kadınlıktan ayrılıyorlar. Ne manzaralar görüyorum, sormayın. Doğal doğum kontrolü gibi kadınlar var. Öyle salmış ki kendini, adam mümkün değil yaklaşamaz yanına. İşte sana doğal doğum kontrolü! En çok o kadınları terapiye almayı seviyorum. Ciddi bir dönüşüm oluyor, işimin parıltısı, farkı, kalitesi daha çok gözüküyor. Eee sonuç daha çabuk alınıyor hâliyle.

Geldi yine öyle biri. Bizim buralı değil, Esenler'den gelmiş. Namımı duyduysa zaar. Gelsin, buyursun. Aldım karşıma, önce öyküsünü dinliyorum tabii. Bizde kişiye göre muamele vardır, herkese aynı terapi olmaz. Terapinin güllü, pudralı, bal özlü, karanfilli gibi çeşitleri var. Öyküyü dinlerim, ona göre seçerim uygulama şeklimi. İşte bu kadıncağızın da peş peşe dört çocuğu olmuş. Anası babası Siirt'teymiş, memlekette. Burada akraba kimse yokmuş. Birkaç komşu edinmiş ama 'Dört küçük çocuklu kadını kimse evinde misafir etmek istemiyor,' diyor. Ah kuzum, kalmış mı desteksiz, bir başına. Eşi desen vardiyalı işçiymiş, gecesi gündüzü karışıkmış adamın. Yüzünü zor görüyormuş. Gördüğü birkaç seferde de bu çocuklar olmuş zaten. Peş peşe dört çocuk, ortada olmayan bir koca, yalnız başına büyük şehir hayatı derken kadıncağız kadın olmayı unutuvermiş. Saçı, sakalı, bıyığı ve kadın bedeninde olmaması makbul olan bilumum kıl ve tüyleri salmış ki ne salmak. Zaten kara kuru kadın, zaten esmer, zaten kılı tüyü kalın, varın görüntüyü siz düşünün. 'Yavrum,' dedim, 'sen aynaya baktığında kendini kadın gibi hissediyor musun?' 'Neyine hissedeyim,' diyor, 'yaşım büyüdükçe babama benziyorum'. 'O yaşın büyüdükçe değildir gülüm,' dedim, 'tüyün büyüdükçedir. Gel sana terapi yapalım, dişil enerjin nereye kaçıp saklandıysa bulup çıkaralım onu. Türkan Şoray gibi kadınsın aslında, kaşlı gözlüsün maşallah. Dışındaki İbrahim Tatlıses'i yontalım da biraz içindeki sultan uyansın,' dedim. Başladım terapiye...

Yappıştır!

Bu işi çok önemserim. 'Güzellik ondur, dokuzu dondur' diye boşa dememiş atalarımız. Şekline şemailine ne kadar özenirsen o kadar iyi hissedersin kendini. Kendini iyi hissedersen eşine de iyi enerji verirsin. Böyle böyle düzelir yatak odan da oturma odan da. Kadıncağıza reçete yazdım, evlilik doktoru sayılırım nasılsa, uysun reçeteme bak nasıl dişil enerjisi yükseliyor. 'Sen ayda bir değil, iki haftada bir gel,' dedim. 'Çocukları dert etme, onları da getir. Hemen yanı başımızda park var, benim yardımcım Elvan ablaları çıkarır onları parka. Sen salma bir daha bu kadar,' dedim. Yolladım. Sonra da eyvah dedim, keşke doğum kontrolünü de anlatsaydım. Sonuçta İbo'yu aldık, Türkan Şoray'ı koyduk yerine. Bu gidip yine hamile falan kalmaya bari...

İçimden böyle dertlenirken gözüm saate iliştı. Peh hey! Yine akşam dokuzu bulmuşuz. Ama bu son uygulama bayağı uğraştırdı beni. Bir saati bile geçirmişiz farkında olmadan. Neyse, kadıncağızın yuvası düzelsin de biraz çok çalışırız, bize dert mi! Ortalığı toparladım. Işıkları kapattım, kapıdan çıktım. Bağcılar, dolayısıyla İstanbul ve tüm Türkiye için çok önemli bir günü daha bitirmenin gönül ferahlığı ve ailelere sunduğum hizmet kalitesinin iftiharıyla dönüp geceye loş bir ışık salan tabelama baktım: 'Ağdacı Suzan Abla'

# çeyiz

Oldum olası nefret ederdi adliye koridorlarından. Hoş, kimsenin favori mekânı değildir zaten oralar ama Meryem Hanım için onu öldür, mahkemeye işini düşürme mesabesindeydi. Gel gelelim kaderin insanı korktuğuyla sınamak gibi bir âdeti vardı. Meryem Hanım'ın da başına korktuğu gelmişti. Hem de öyle bir gelmişti ki, biri ona, 'En korktuğun şey nedir' diye sorsa anlatabileceği onlarca şey toplanmıştı da bu toplam bir de yüzle çarpılmış gibi bir etkiyle karşısına çıkmıştı. Hani şu yaşadığı şeyleri rüyasında görse kesinlikle hayra yormaz, uykusunda üstü başı açık kalmıştır diye düşünür, 'Şeytandandır' deyip sol omzuna tü tü tü der öyle doğrulurdu yataktan. 'Beni öldür, mahkemeye işimi düşürme' diyen Meryem Hanım ömründe ikinci kez, hem de yine kızı yüzünden mahkemedeydi.

"Allah düşmanımı düşürmesin, dedim dedim de ne oldu? Bir de yine kız yüzünden geldik buralara. Biri duysa ne laflar eder arkamızdan," diye söylendi içindeki öfkeyi dışarı kusa kusa.

O kadar utanıyordu ki orada olmaktan, sanki etrafındaki herkes ona bakıyor, biri yanındakiyle fısıldayacak olsa kesin onun hakkında konuşuyordu. Kızı da tuvalete gitmiş, bir türlü gelememişti. Tüm utancıyla oracıkta yalnız kalıvermişti Meryem Hanım. İnsan başkalarından utandığında, içindeki bu utancı bastırabilmek için onların utanılacak ayıplarını ortaya dökmeye meylederdi. Meryem Hanım da öyle yaptı. Oturduğu yerden çevresinde oturan, adliyenin gri koridorunda bir davanın sonucunu beklemenin ağırlığıyla volta atan insanlara kendince hikâyeler uydurmaya başladı.

'Bak bak,' dedi içindeki dedikoducu ses. Karşısında oturan anne kıza dikkat kesildi gözleri.

'Gencecik kız. Kesin bir ahlaksızlık yapmıştır bu. Anasının yüzüne düşen gölgeden belli. Kadıncağızın beli bükülmüş bak. Şimdilerde gençlerde ahlak mı kaldı? Bir de internetten yazışıp da buluşuyorlarmış oğlanlarla. Hem bir de soyunanı varmış bunların bilgisayarın önünde, ayyyyy, Allah bizim evlatlarımızı korusun' diye yazmaya başladı. Kendi yazıyor, sonra yine az önce kendi yazdığı senaryoya öyle çok inanıyordu ki neredeyse yerinden kalkıp 'Tüü! Yazıklar olsun senin gibi ahlaksıza' deyip kızcağızın yüzüne tükürecekti.

Karşı koltuktaki anne kızı gözleriyle yeterince kınadıktan sonra başını iki iskemle yanında oturan deri ceketli, küpeli, uzun saçlı, ceket yakasının bittiği yerden devamının vücuduna doğru uzadığı belli olan ejderha dövmeli gence çevirdi Meryem Hanım. 'Satanist kılıklı seni,' dedi bedeninin tüm zerreleriyle gencin satanist olduğuna kanaat getirerek. 'Eline kelepçe takmak lazım bunların,' diye düşündü. 'Kılığa bak, kim bilir anası babası ne üzülüyordur bu hâlini görünce. Doğur, besle, büyüt. Doktor olsun, mühendis olsun diye tuz dedeye tuzlar ada. Sonra ola ola satanist olsun' deyip dövmeli gencin anne babasına üzülmeye başladı. İçindeki üzüntünün, 'Yok be ne üzüleceksin böyle ana babalara! Çocukları doğurup atıyorlar, ilgilenmiyorlar, sonucu da bu oluyor işte' düşüncesiyle yine alışık olduğu ruh hâline, yani kınamaya dönmesi yalnızca birkaç saniye sürdü. Alıştığı ruh hâline gelince rahatlayan Meryem Hanım, sağa sola hikâyeler yazdığı o anlarda adliyede olduğunu unutacak kadar kendisini evinde hissetmişti çünkü insanlar sadece tanıdık mekânları değil, tanıdık duyguları da yuva edinirlerdi. Ne zaman taşıması zor gelen bir duygu hissetseler, yabancı bir yerden yuvalarına sığınıyor gibi bu tanıdık duyguların çatısı altına sığınırlar, kendilerini böyle rahatlatırlardı.

Meryem Hanım için kınamak çok tanıdıktı, onun yuvasıydı. Annesinin iğne oyalı tülbentlerle dantel fiskos örtülerinin yanına özenle iliştirdiği çeyiziydi bu duygu. Çocukken o kadar çok utandırılmış, utanç duygusu içinde o kadar köklü bir çınara dönüşmüştü ki, bu duygunun altında ezilmemenin yolunu insanların utanılacak hâllerini konuşup duran bir iç seste bulmuştu. İç sesi ona başkalarının kusurlarını fısıldıyor, insanların hatalarını gösteriyor, böylece Meryem Hanım kendi kendine, 'Bak bak herkesin nasıl hataları, nasıl ayıpları, nasıl utanılacak hatıraları var. Onların yanında sen sütten çıkmış ak kaşıksın. Rahat ol' diye fısıldayabiliyordu. Bu yüzden başkalarının ayıbını bulduğu, bulamadığında da kendi kendine uydurup zanda bulunduğu zamanlarda Meryem Hanım tuhaf bir rahatlama hissediyordu.

Lakin eğer çeyizinizden bir şeyi çıkarıp kullanıyorsanız bedelini de öderdiniz. Dantelleri düzgün durması için kolalamak gibi, beyaz işleri sararmasın diye çamaşır suyuna yatırmak gibi, kınama çeyizini kullanmanın da bir bedeli vardı. O bedel utançtı. İçindeki utancı bastırmak için insanları ayıplayan Meryem Hanım, kınayan iç sesinin kendi utançlarından beslendiğinin farkında değildi. İnsanların ayıplarını buldukça aslında içindeki ayıpları büyütüyordu. İnsanları kınayan iç sesin yankısı, en derinlerde kendi kendini ayıplıyordu. İçindeki utanç büyüdükçe daha çok kınamaya başlıyor, ayıplamaları arttıkça içindeki utanç daha da kök salıyordu.

Meryem Hanım sağ çaprazında yan yana oturan orta yaşlı kadın ve erkeğe bakıp, 'Kesin boşanmaya geldi bunlar. Zaten bu kadın yollu. Giyiminden kuşamından belli. Ahlaksız! Filinta gibi adam. Ne ararsınız dışarıda bilmem ki! Yalnız kal da aklın başına gelsin. Ama bu adam yalnız kalmaz haa, iki güne takar koluna bir yosma, sen de alırsın havanı!' diye içinden geçirirken, boşanmaya gelmiş karıkoca sandıklarının veraset davası için gelmiş iki kardeş olduğunu, karşıda oturan anne kızın yolda kapkaça uğradığını ve kapkaççıyı iki koltuk yanındaki dövmeli gencin motoruyla takip edip yakaladığını, anne kıza çantalarını geri getirdiğini ve adliyeye davada şahit olmak için geldiğini asla bilemeyecekti. Hoş zaten bilmek de istemiyordu. Kınamak ona yeterdi. Kızı yüzünden ikinci kez geldiği adliyede biraz rahatlamaya ihtiyacı vardı.

Dakikalar bir türlü geçmiyor, kızı tuvaletten gelmediği gibi dava sırası da bir türlü onlara gelmiyordu. Zihni, birden birkaç yıl öncesine uçuştu. Yine kızıyla böyle bir iskemlede dava sırası beklediği an geldi aklına. Hayatındaki en büyük utançlardan birini yaşıyor, bir tanecik kızı eşinden boşanıyordu. Hem de öyle yenilir yutulur bir sebep yoktu dava dosyasında. Damat, kızını sadakatsizlikle suçlamış, mahkeme salonuna kızının başka bir adamla boy boy fotoğraflarını getirmişti. Kızı sessiz kalmıştı. Hâkim suçlamaları kabul edip etmediğini sorduğunda, kendini savunmak yerine "Ben bu adamdan tek celsede boşanmak istiyorum hâkim bey. Lütfen boşayın bizi, dayanamıyorum artık" deyince Meryem Hanım mahkeme salonunda bayılıvermiş, kızının utancını taşıyamayan kalbi ilk kez teklemişti.

Hastanede kendine geldiğinde yeni boşanmış 'sadakatsiz' kızı yanı başındaydı ama Meryem Hanım onu zinhar görmek istemiyordu. Aslında kızının hiçbir suçu günahı yoktu. Hayırsız kocası, zengin bir adamdı. Yıllar içinde yemediği herze kalmamış, eşi sabretmiş ama başka kadınlar olduğunu öğrenince sabır taşı çatlamıştı. Boşanmak istediğini söylemişti adama. Kocası özürler diledi, hediyeler, çiçekler, elmaslar, yakutlar serdi kızın yollarına. Ama güven gitti mi bir daha kolay kolay yerine gelmezdi. Karıkoca arasında yitip giden güvenin boşluğunu, kaşıkçı elması da olsa doldurmaya yetmezdi. Bu yüzden kabul etmedi Meryem Hanım'ın kızı. Birkaç hafta sonra açtı boşanma davasını. Dava celbi kocasının eline ulaştığı gün telefonu çaldı genç kadının. Arayan, eşinin en yakın arkadaşı Hilmi'ydi. 'Kocan dava celbini görünce içip sarhoş olmuş, bana geldi. Bir sürü de hap içmiş. Karım gelmezse doktora falan gitmem diyor. Ölecek adam, yetiş,' deyince koşarak Hilmi'nin evine gitti. Eve girdiğinde kocası yoktu ortalarda. Hilmi, o gelmeden az önce kocasının kusup biraz rahatladığını, duşa girdiğini, mutlaka karısının onu beklemesini istediğini, doktora ancak öyle gideceğini söyleyip tuttu kadını evde. 'Bak intihar notunda ne yazmış,' diye küçük bir kâğıt uzattı genç kadına. Notu aldı, okudu, içinde acımadan ve tiksinmeden başka hiçbir duygu yoktu. Anlattı Hilmi'ye olanları, yaşadıklarını, acılarını... 'En yakın arkadaşına yardım et lütfen. Beni bıraksın, yeni bir hayat kursun' deyip kocasına bir not yazdı. Notta, 'Seni sevmiştim ama bitti. İçimde sana dair hiçbir şey kalmadı. Lütfen bir daha beni arama,' yazılıydı. Notu Hilmi'ye uzattı. 'Gel buraya,' dedi Hilmi. Sarıldı genç kadına. 'Merak etme, her şeyi halledeceğim ben,' dedi dostane bir tavırla. Rahatlamıştı genç kadın. Çıktı evden. Oysa, kocası ne sarhoş olmuştu ne de intihara teşebbüs etmişti. Hepsi Hilmi'yle kurdukları oyunun bir parçasıydı. Hilmi'nin evine girerken, otururken, baş başa konuşurken, sarılırken fotoğraflarını çekmişti kocası. Ve kadının notu... Eşine yazdığı notu... Sonuna bir Hilmi yazısı ekleyip, âşığına yazdığı not yapıvermişlerdi onu da. Neden yapmıştı bunca şeyi? Adam gibi boşanmayı neden bilememişti? Sebebi, en aşağılık nedendi: Para. Ah, para! Zaten hayatlarının hep başrolünde olmamış mıydı? Daha evlenmeden mal ayrımı yapmak için çırpındığında, evlilik sözleşmesine madde üzerine maddeler koydurduğunda anlamıştı eşinin kendisinden çok malına mülküne sarılacağını. Ama sevmişti işte. Yine de evlenmişti. Şimdi de genç kadına nafaka ödememek, mal kaptırmamak için adi bir suç atacaktı üzerine. Böylece bir taşla iki kuş vuracak, hem onu terk edip giden, onurunu yerlere seren karısına zırnık koklatmayacak hem de eşin dostun gözünde evliliği başaramamış bir adam gibi anılmayacaktı. Bilakis herkes 'İyi ettin, kurtuldun sürtükten' diye tebrik edecekti onu. Genç kadın mahkeme dosyasında fotoğrafları ve notu görünce kocasının ne kadar aşağılık olabileceğini görmüştü tekrar. Kim bilir daha ne oyunlar hazırlanmıştı. Başı döndü, yer ayaklarının altında oynadı, midesi bulandı, geçen yıllarının yasını tutan bir parça koptu gitti içinden, kan kaybetmeye başladı. Tek cümle edecek hâl bulamadı kendinde. Yılların yorgunluğuyla cevapladı hâkimin cümlelerini: 'Ben bu adamdan tek celsede boşanmak istiyorum hâkim bey. Lütfen boşayın bizi, dayanamıyorum artık...'

Lakin tüm bu gerçeği bilmek istemiyordu Meryem Hanım. Aynı karşı koltuktaki anne kız, iki koltuk yanındaki dövmeli genç ve sağ çaprazdaki iki kardeş hakkındaki gerçeği bilmek istemediği gibi kızı hakkındaki gerçeği de bilmek istemiyor, gözünün önünde olmasın, göz görmesin ki gönül katlansın istiyordu. Ama konu evlat olunca silmek o kadar kolay değildi, elbette. Başkalarını kolayca kınayıveren insan, iş kendi canından kanından olana, kendinden bildiğine gelince taraf tutardı, affetmeye meylederdi. Meryem Hanım'ın da süngüsü iki ay sonra, bir bayram sabahı kızı elini öpmeye gelince düşüverdi.

'Meryem kızı Meryem,' diye geçirdi içinden. Meryem Hanım'ın annesinin de kızının da ismi Meryem'di. Anneannesi, kızı olunca, genç yaşta kanserden kaybettiği anacığı Meryem'in adını koymuştu kızına. 'Annem çok sabırlı kadındı, anam gibi sabırlı olasın, o yattıkça ömürlü kalasın' duasını bir doğum hediyesi gibi bahtına iliştirmişti Meryem ninenin. Adı, çeyizi de olmuştu. Sabırlı olsun diye adı Meryem koyulan kadın ömrü boyunca sabretmesi gereken durumlar yaşamış, hayatının motifi cefa yazılmıştı. Yıllarca çocuğu olmamış, 'Bizim gelin çorak' azarlarının yükü altında gelinlik etmiş, eşini çocuksuz koymamak için ikinci kadını yüreği kavrularak eşi için bizzat babasından kendisi istemişti. Her ne kadar gelenek de olsa, anane de olsa hiçbir kadın için kocasını başka bir kadının koynuna sokmak kolay değildi. Kahvaltı sofrasında başka bir kadının eşiyle cilveleştiğine şahit olup susmak her kadının harcı hiç değildi. Meryem sabırlı kadın olsun diye dualanmıştı ya, anasının duası kabul olmuşçasına Meryem, yıllar boyu onu ezen kaynanaya da sabahın seherinden gecenin karasına uzanan bağ bahçe işlerine de kocasının ikinci eşinden peşi sıra doğan bebelere bakıp kendi bebesizliğine de sabretmişti. Atalarımız boşuna sabrın sonu selamettir dememişler.

Bu sabrın sonu da selamet olmuştu. Meryem otuz dokuz yaşında, Meryem Hanım'a gebe kalmıştı. Doğduğunda da yıllardır bahtı için gözyaşı döken anasına çifte sevinç yaşatmak istercesine rahmetli anneannesinin ismini koyuvermişti kızına. 'Hanne'nin geç gelen muştulu yavrusu gibi bizim kızımız da geç geldi. Hanne anamızın mirasıdır, adı Meryem olsun, rahmetli anneannemin de ruhuna dokunsun' demişti.

Meryem Hanım'ın kaderi güzel başlamıştı. O, annesinin geç geleni, bir tanecik çiçeği, gözünden esirgediğiydi. Ama analığı hiç sevmemişti bu geç geleni. 'Madem bu zamana kadar gelmedi, artık gelip kimsenin düzenini bozmaya hakkı yok' demişti. Tabii dışından deyip zehrini akıtamaz ya, içinden yakmıştı kıskançlık ateşini. Kendisinin boy boy çocuğu olduğuna bakmadan Meryem'in yavru Meryem'ine haset etmişti. Ama güç yetiremezdi küçük kıza, kapılar gibi anası vardı neticede arkasında.

Lakin kısa zaman sonra 'Hanne'nin kızı Meryem' diye dualanan küçük kızın bahtı Hazreti Meryem gibi anasızlık oldu. Anne Meryem hastalanıp yataklara düştü, adını aldığı anneannesi gibi gencecik yaşta kötü hastalıktan cennete uçtu. Hanne'siz kalan Hazreti Meryem gibi bu Meryem de annesiz kaldı. İşte ne olduysa ondan sonra oldu zaten. Henüz üç yaşındaki yavrucak analığının eline düşmüştü. Öksüzdür diye babası, babaannesi dayak attırmaz, korurdu onu. Dövemiyor sövemiyor ya, kötü kalpli kadın başka yol buldu Meryem'i gözden düşürecek. Ne çocukluk yapsa, ne hata yapsa aşikâr etmeye başladı. Türlü işve cilveyle eşinin aklını alıyor, çocuk Meryem'in üzerine salıyordu. 'Meryem kardeşine ne'tti biliyon mu', 'Meryem komşudan ne söz getirdi görüyon mu', 'Meryem adımızı çıkaracak', 'Meryem kırıtmadan yürümeyi bilmiyon mu', Meryem, Meryem, Meryem... diye diye kızın babasına fitneyi üflüyor, kötü niyeti aşikâr olmasın diye de 'Hep bu yavrucağı sevdiğimden yapıyom, iyi insan olsun, adı lekelenmesin istiyom' diyerekten yalancıktan küçük kıza analık yapıyordu.

Aradan çok zaman geçmedi, daha çocuk yaştaki Meryem kaşı oynasa dayak yemeye, gözü bir yere dalsa 'Oğlanları mı düşünüyo bu' diye eve kapatılmaya başlandı. Bir gün babası, 'Bu kız başımıza iş açacak' deyip zorla önüne oturtup usturayla sıfıra vurdu, anasınınki gibi kömür rengi sırma saçlarını... Kız gibi gözükmesin ki başımız derde girmesin istedi. O günden sonra Meryem süslü püslü giyinen, alımlı, uzun saçlı tüm kızlardan nefret etti. Babasından nefret edemezdi ya! Alımlı, işveli, kız olduğu belli olan kızlardan nefret etmek daha kolaydı. Yıllar içinde yavaş yavaş içine işleyen iffetsizlik utancıyla kadınlığına daha da küstü. İçinde utanç çınarları büyüttü. Küçücük yaşta oluşuna bakmadan, onu ilk isteyen gence 'he' deyip temizledi namusunu. Hem kader bu defa yüzüne gülmüştü de. Ona talip olan genç Almanya'da çalışıyordu, işçiydi. 'Köylümüz bir kız alalım, Alaman kızlarına kapılır gider bu çocuk, kurtaramayız sonra. Evlensin, yuvasını bilsin' diye dertlenmişti gencin ana babası. On dokuz yaşındaki delikanlıyı on dört yaşındaki Meryem'le hızlıca baş göz edip Almanya'nın yolunu tutmuşlardı. Böylece Meryem hem namusunu aklamış hem de ona cefa eden ailesinden uzaklarda yeni bir hayata başlamıştı. Birkaç yıl sonra kızı doğunca da iffetini tüm dünyaya haykırmak istercesine iffet timsali, Meryem anamızın adını koymuştu kızına. Çeyizine iffet bohçası iliştirmişti. Belki de bu yüzden, iffetli olsun diye adını Meryem koyduğu kızının iffetsizlikle suçlanması kalbini tekletmiş, bir anlık da olsa onu yaşamdan alıp ölümün kıyısına getirmişti.

Meryem Hanım'ın zihni o soğuk koridorda tüm alacaklı verecekli davaları birer birer açarken kızı Meryem geldi yanına:

"İsmimiz okunmadı değil mi anne?"

Meryem Hanım 'yok' diyecekti ki mübaşirin sesi bastırdı sesini:

"Meryem Akbaş. Meryem Akbaş. Mahkeme salonundan bekleniyorsunuz."

Meryem Hanım ürkek, kızı Meryem sağlam adımlarla girdi mahkeme salonundan içeri. Dava görüldü. Eteklerdeki taşlar döküldü birer birer, sonra dışarı çıktılar. Adliye binasının dışında Meryem'in boşandıktan sonra tanıştığı ve kısa sürede sevip evlendiği eşi Haluk onları bekliyordu.

Eşinden tek celsede boşandıktan, o habis uru hayatından kazıyıp attıktan birkaç ay sonra kendine gelebilmişti Meryem. Yas sürecini tamamlamış, hayatına yeniden dört elle sarılmaya hazır hâle gelmişti. Gelmişti gelmesine de kendine geldiğinde aklı da başına gelmişti Meryem'in. Eşinin suçlamalarına sessiz kalmanın kendine yaptığı büyük bir haksızlık olduğunu fark etmişti. Hemen bir avukat aradı Meryem. Avukat Haluk'u buldu. Dava için görüşmeler, gitmeler gelmeler, Haluk'un Meryem'e verdiği destek avukat-müvekkil ilişkisini kısa sürede sıcak bir dostluğa, bu dostluk da iki genci nikâh masasına taşıdı ve nihayetinde evlendiler. Bu süreçte eski eşine iftira suçundan maddi ve manevi tazminat davası açtı. Haluk'a bunun kendi davası olduğunu, artık eşi olduğu için bu davada olamayacağını, başka bir avukatla süreci yönetmek istediğini söyleyince, Haluk, tüm davalarda adliye binasının önünde bekleyerek ona eşlik etti.

Anne Meryem Hanım arabanın arka koltuğuna otururken, Haluk, eşi Meryem'in kapısını açmış arabaya binmesine yardım ediyordu, şefkatle, "Yavaş otur canım. Artık son ayındasın. Dikkat et," dedi.

Kısa zaman sonra Haluk ve Meryem'in nur topu gibi bir kızları oldu. Bebeğin yedisini uçurdukları gün Meryem ile Haluk abdest aldılar, dua ettiler. Kızlarını kucaklayıp sağ kulağına ezan, sol kulağına kamet okudular. Sonra da sadece kendisi gibi olsun, kimsenin kaderini bahtında taşımasın, çeyizi kendi yolunu bulmak olsun duasıyla kulağına ismini fısıldadılar: "Senin adın Özgü, senin adın Özgü, senin adın Özgü..."

# İsmini vermek istemeyen dinleyici

Çalışan insanların temelde iki gruba ayrıldığı varsayılır: Sevdiği işte çalışanlar ve nefret ettiği işte sürünenler. Oysa bu ikisinden başka çalışan insan grupları da var. Mesela, sevdiği işin ne olduğunu bilmeyenler. Onları, 'Üniversite puanım şurayı tuttu diye o bölümü okudum, sonra da madem okuduk çalışayım dedim' cümlelerinden çıkarabilirsiniz. Nötrdürler işleri konusunda. 'Ne iş olsa yapardık, bu iş oldu bunu yapıyoruz' kadar geniş meşreplidirler. Bir diğer grup, sevdiği işte nefret ederek çalışanlar grubudur ki bu grubun sorunu yaptıkları işle değil, o işi yaptıkları ortamla ilgilidir; gıcık bir patron, işin sahası gereği çalışılan ortam şartlarının zorluğu falan gibi durumları içerir. İşte bir de ben varım. Sevdiği işi tee üç yaşından beri bilen ve o işe ulaşmak için başka bir işle iştigal eden ben. Yani 'sevdiği işte çalışabilmek için başka işleri basamak yapanlar grubu'. Gerçi hikâyenin burasını anlatabilmem için önce annemi anlatmam gerek.

Annem, Mürüvvet Neşelisoy. İsmiyle müsemma bir neşe hâli içerisinde yaşayan, tanıdığım en çözüm odaklı insandır. İstediği şey olmadığı zaman durumu şöyle yorumlar: 'İstediğim şeye ulaşmanın ilk adımı oldu.' Annemin sözlüğünde 'olmadı' kelimesi yoktur. 'Henüz olmadı' bile yoktur. Olmamış olan şey bile annem için olmanın merhalelerinden biridir. İş ya olmuştur ya olmaya başlamıştır ya da olmasının eli kulağındadır. Annemin bu optimist çözüm odaklılığı yıllar içinde hayatımızda pek çok acayip olaya sebep oldu. Yirmi beş yıllık ömür tecrübeme dayanarak söyleyebilirim ki, annemsiz hayat 'ekşınsız' bir hayat olurdu. Zira kafasına koymaya görsün, annem için her şey ya olurdu ya olurdu. Mesela Neşelisoy babamın değil, annemin soy ismidir. Diyeceksiniz ki evlenmiş ve kızlık soyadını kullanmaya devam mı etmiş? Etsin. Bunda büyütülecek ne var, çoğu kişi yapıyor bunu ama bu soy isim sadece annemin kızlık soyadı değil, benim ve kardeşlerimin, hatta babamın da soy ismi. Neden? Babam annemin soy ismini mi almış evlenince? Olur, o da oluyor bazen. Ne var bunda, diyeceksiniz muhtemelen. Ama tam olarak öyle de değil. Annemle babam 1975 yılında evlenmiş ve alışılagelindiği üzere annem babamın soyadını kullanmaya başlamış: 'Taşkesen'. Abim bu soyadıyla doğmuş, ablam ve ben bu soyadıyla doğmuşuz. Sonra, 1993 yılında Tansu Çiller başbakan oluyor. Türkiye'nin ilk kadın başbakanı, bayağı gündemi sallıyor tabii. Ama bir konuyla daha gündem oluyor Çiller. Ülke olarak öğreniyoruz ki, 'Çiller' soyadı eşi Özer Bey'in değil Tansu Hanım'ın soyadıymış. Evlenince onun soyadı aile ismi olmuş. Annem bu durumu öğrenince gözleri ışıldıyor, zihninde ampuller yanıyor, doğru yolun kır atı annemin zihninde şahlanıp hedefe doğru koşmaya başlıyor. Babama diyor ki, 'Benim soyadım daha neşeli, daha pozitif, daha güzel. Ailemize pozitif enerji katar. Bak isimlerin insanlar üzerinde etkileri varmış. İsimlerin etkisi olur da soy isimlerin etkisi olmaz mı? Olur. Gel mahkemeye başvuralım da soy ismimizi değiştirelim.' Babam Adanalı, babam taş fırın erkeği, babam 'Allah'ın adamı'! Yapar mı hiç öyle şey, diyemeyeceğim çünkü karşısındaki kişi annem. Annem isterse olur, öyle ya da böyle olur. Nasıl olduğunu kimse anlayamasa da olur. İşte bu da oluyor. 1975 yılından 1993 yılına değin Taşkesen olan aile adımız, Tansu Çiller hükümetiyle birlikte Neşelisoy'a dönüyor. Hatırlıyorum, dördüncü sınıftan beşinci sınıfa geçişim olay olmuştu. Öğretmenlerim bakıyor bu sınıfa kadar soy ismim başka, beşinci sınıfta başka. Sanıyorlar ki çocuk gelinim. Ne bilsinler hükümet değişimi soyadı kanunu gibi gelmiş bizim eve...

İşte elinin değdiği her şeyi oldurma becerisi taşıyan bu şahane kadının, yani annemin oldurulacaklar listesindeki bir diğer madde de benim işimdi. Dedim ya, çocukluğumdan beri belliydi işimin ne olacağı. Küçücük çocukmuşum daha, yaşım ya iki ya üç, elime alırmışım yuvarlak saç fırçasını, sunuculuk yaparmışım. Milletin çocuğu şarkı söyler saç fırçasıyla, ben evdeki insanları dolaşıp röportaj yapma, soru sorma oyunu falan oynarmışım. Sıradan çocuklar akşam yemeğini merak ettiğinde mutfağa girip 'Anne yemekte ne var' derken, ben elimde saç fırçası, ocak başındaki anneme yanaşır, bir yandan buzdolabı tarafına bakıp orada oturan görünmez seyircilere doğru 'Evvvet sayın seyirciler, Taşkesen ailesinde bugün pişen yemeğin kokusu sonunda çıktı! Ailenin iç işleri bakanı Mürüvvet Taşkesen'e mikrofon uzatıyor ve bu kokuyu çıkaran yemeğin öyküsünü kendisinden dinliyoruz' dermişim mesela. Bir başka gün yemek hazırlayan annemin yaptığı işlemleri mikrofona doğru tek tek sayıp yemek programı sunarmışım: 'Evet sayın seyirciler, görüldüğü üzere soğanları ay şeklinde doğruyoruz. Burası çok önemli, yemeğin püf noktası burada saklı...'

Sonra ne mi oldu? İletişim fakültesine girmeye niyet ettim. Ama çocukluğumdan beri tüm beyin hücrelerimi toplayıp, 'olmuyor, yapamıyorum' düşüncelerini zihnimden çıkarıp atsam da bir türlü muvaffak olamadığım matematik, beynimi parçalara bölen üniversite sınavının sonunda acı gerçeği yüzüme çarparcasına, bana hayatımın dört işlem sonucunu gösterdi: Otur, sıfır! İletişim fakültesi eşit ağırlıklı bir bölümdü ve ayan olan oydu ki benim matematik konusunda hiçbir ağırlığım yoktu! Ama annemin sözlüğünde 'olmadı' diye bir sonuç olmadığından, annem yerlerde sürünen, can çekişen, kan kaybından gitti gidecek durumdaki sınav sonucumu alıp bir başarı hikâyesine çevirmeyi bildi. Onun kızı sınavı kaybetmemiş, bilakis, sözel bir bölüm olan Radyo, Televizyon ve Sinema'yı burslu kazanmıştı. Mürüvvet Neşelisoy'un kızı olmak böyle bir şeydi işte. İşler ya olurdu ya olurdu!

Annemin 'Amaaan ne kazanamadım deyip duruyorsun, hem burslu kazanmışın! Olmayana değil olana bakmayı bir öğretemedim sana ay!' sözleriyle uğurladığı okulumu bursumu kaybetmeyecek bir not ortalamasıyla, yıl kaybetmeden bitirdim. Sıra iş bulmaya geldi. İstediğim şey belliydi; ekran önünde bir sunuculuk işi olsundu da muhabirlik de olurdu, yerel bir kanalda sunuculuk işi de olurdu, hatta ürün tanıtım kanallarından biri bile olurdu. Neden olmasındı? Bir yerden başlar, kendimi ispat ettikçe öyle böyle yükselirdim. Yani plan buydu. En afili puntolarla özgeçmişler yazıldı, onlarca kanalın insan kaynakları birimine dualarla gönderildi ve beklenmeye başlandı. İnsan bir şeyin sonucunu beklerken istediği cevabın gelmeyeceğini ne kadar süre sonra anlar? Böyle bir tarih tahdidi var mıdır, bilmiyorum. Ben beklemekten on yedi ay sonra vazgeçtim, onu biliyorum. Zira on yedi ay olmuştu ama tek bir olumlu geri dönüş olmamıştı. Ülkedeki tüm kanallar anlaşmış da 'Bu kızı bu alanda çalıştırmayalım, aman ha' kararı almış gibi peş peşe 'Başvurunuz için teşekkür ederiz lakin...' diye başlayan e-postalar göndermişlerdi. Bu kadar çok 'olmaz' cümlesi annem için ülser sebebiydi. Bu 'olmaz'ları alıp 'oldu bu işte'ye çevirmek için işin başına ivedilikle geçmeliydi, zira geç bile kalmıştı. Havlu atıp, 'Bu iş sahasında bana herhalde ekmek yok' dediğimin ve annemin 'Olur mu öyle şey, her şey nasıl oluruna varır gör bak sen' deyip işi ele aldığının sekizinci gününde annem, 'Müjdemi isterim, iş buldum sana kıııız!' çığlığıyla odama dalış yaptı. Sabah saat beş buçuk altı falandı sanıyorum, zira hava da ben de henüz aymamıştık. 'Ne oldu, ne işi, nerede, hangi kanal' gibi sevinç çığlıkları içinde sorduğum pek çok sorunun mukabilinde annemin bulduğu işin yerel bir radyoda sekreterlik olduğunu öğrenmenin yüzüme tokat gibi inmesi bir iki dakika içinde oldu. 'Anne,' dedim, 'ben sekreterlik işi mi bakıyorum? Bu neyin kafası? Bu neyin sevinci allasen?' Annem kendinden gayet emin cevap verdi: 'Kızım bu iş radyoda mı? Radyoda. Önce radyodan başlarsın sonra televizyona geçersin. Adım adım. Radyoya kapağı at, velev ki sekreterlik olsun, kendini bir göster, sonra radyo programcısı olursun, oradan televizyon programcılığı derken yürür gidersin evladım.' Her şeyin adım adım olması tamamdı da sekreterlikten programcılığa terfi diye bir iş hiyerarşisi olmadığını anneme kabul ettirebilmek mümkün değildi. Zira pilot olmak isteyen komşu kızına 'Sen hostes ol, sonra pilotluğa geçersin, yeter ki bir havayoluna kapağı at' diye akıl veren, akıl vermekle kalmayıp araya tanıdıklar koyan ve kızcağızı hosteslik sınavına sokan bir anneydi benimki. Ona göre avukat olmak istiyorsan mübaşirlikle işe başlayabilir, doktor olmak için önce hemşire olabilir, öğretmen olma yoluna hademe olarak ilk adımı atabilirdin. Kapağı at yeterdi, gerisi bir şekilde olurdu! Azıcık itiraz etmeye kalktım, bana Beyazıt Öztürk'ten örnek verdi. Diyor ki, 'Bak Beyaz da önce radyocuymuş sonra televizyoncu olmuş. Oluyor işte ay!' Beyaz'ın radyo sekreteri olarak işe başlamadığını anlatıp çenemi yormanın yersiz olduğunu anlayıp işe girmeye karar verdim çünkü sonuçta işsizdim ve evde otura otura bir arpa yol alamayacağım kesindi. Bari gideyim de işte oturayım, en azından para kazanırım dedim. Böylece çalışanlar kategorisinde 'sevmediği işte sürünenler' çatısı altına adımı yazdırarak iş dünyasına adım atmış oldum.

Radyo sekreterliğinde birkaç ayı doldurmuştum. Meraklı kızım, öyle durmam yerimde. Bu sürede yayınlar yapılırken öğreneyim diye teknik masaya gidiyorum, teknik ekiple laflıyoruz. Bu düğme ne işe yarıyor, şurayı açınca ne olur falan gibi sorularla mesleğe aşinalık kazanıyorum. Eve dönünce deodorant şişesini elime alıp –saç fırçasından terfi etmişim– sunumlar yapıyorum hayalimde... İşimi de ortamı da seviyorum yavaş yavaş, ısınmaya başlıyorum. Zira sekreter işlerinden ziyade teknik işlerle, yayın odasıyla ilgiliyim. Hep oradayım. Böyle böyle geçti birkaç ay. Sonra bir gün Ragıp –teknik masadaki arkadaş olur kendisi– hastalandı. Covid oldu, on beş gün yok, karantinada. Öyle hızlı gelişti ki olay, çocukcağızın bir yedeği de yok ortada. Patronlar, 'Ertesi güne birini buluruz da bugün ne yapacağız' diye düşünüyorlar ve 'Bant yayın girelim bugün' kararını veriyorlar. Tam bu sırada nasıl bir özgüven patlaması yaşadıysam, atıldım öne, 'Ben bugünü idare edebilirim. Radyo televizyon mezunuyum, Ragıp da anlatıyordu bana zaten teknik süreci, yaparım ben, canlı yayınlara devam edelim bence' deyiverdim. Annem evrene bizim bilmediğimiz mesajlar mı gönderiyor, gizlice türbelere adak falan mı adıyor bilemiyorum ama duasının ilk adımı kabul olmuştu. Teklifime hiç ikiletmeden 'olur' dediler. Geçtim teknik masaya. İlk yayın, müzik programıydı, kolay geçti. Sunucu internet üzerinden önündeki ekranda istek eserleri görüp bana söylüyordu, ben eseri yayına veriyordum. Zor değildi bu iş. Ondan sonraki yayın doktor programıydı. Uzman bir hekim geldi yayına. Konu böbrek taşları. Anlatıyor doktor bey, genetik bir yönünün olduğundan, bol su içmenin öneminden falan bahsediyor. 'Bazı durumlarda taşın düşmesine yardımcı olmak için alfa bloker ilaçlar veririz,' diyor. Tam o sırada doktor ile sunucunun karşılıklı konuşmasının arasına anneannem giriveriyor. Her konuştuğunda çiçek desenli pazen elbisenin altından hoplayıveren yuvarlak göbeği, uzun saçlı birinin saçlarını kulağının arkasına atıp salması gibi kulağın arkasından geçirilip göğsünün üzerine doğru salınmış beyaz dikdörtgen tülbendi ile anneannem lafa karışıyor hayalimde. 'Neymiş öyle alfa bloke mi ne,' diyor kızarak. 'Kırk kilit otunu kaynat, suyunu içir her gün, bak bakalım taş maş kalıyor mu!'

Ben gözümün önünde beliren hayaletin tonton serzenişlerine tebessüm ederken ilk canlı yayın telefonu çaldı. Yayına biri bağlanmak istiyordu ve ben bunu ilk kez yapacaktım. Heyecanımı yatıştırdım, telefonu açtım. "Merhabalar," dedim, "sizi yayına bağlamadan önce sorunuzu bana iletir misiniz lütfen?" "Eşimin böbrek taşı var yıllardır, ne tedavi olduysa geçmedi, yeniden oluştu, onu soracağım doktor beye," dedi telefondaki ürkek kadın sesi. "Tabii," dedim, "geçmiş olsun. İsim soy isim alabilir miyim lütfen?" "İsmimi vermek istemiyorum," dedi, kadın. "Olur," dedim. Sunucuya iletip yayına bağladım kadıncağızı. Sunucu sunmaya başladı: "İsmini vermek istemeyen bir dinleyicimiz hattaymış. Buyurun lütfen, sorunuzu alalım..."

O gün radyodan eve dönerken aklımda o kadın vardı. İsmini vermek istemeyen kadın. Aklıma takılmıştı çünkü neden ismini vermediğini merak etmiştim. Sonuçta uygunsuz bir yayın yapmıyorduk ki utansın, çekinsin. Hani konuk kadın doğumcu olsa, konu da kadın hastalıkları olsa derim ki belki utanmıştır. Ya da cinsel hayatı konuştuğumuz bir uzman olsa yayında, anlarım, çekinebilir insanlar derim. Ama konu böbrek taşı, eşinin hastalığını anlatıyorsun, neden kendini gizleme ihtiyacı duyuyorsun? İçim içimi yedi meraktan.

Ertesi gün radyoya gittiğimde teknik masa için birinin ayarlanmadığını gördüm. Ben işi becerince, 'On beş gün götürüversin bu kız' demişler, iş bana kaldı. Oturdum masaya. Çeşit çeşit program yapıyorduk radyoda. En çok ilgimi çeken yayınlar konukların ağırlandığı ve canlı bağlantının mümkün olduğu yayınlardı. Beş altı programımız vardı öyle. En çok telefon gelen, doktor konuğun olduğu programlardı. Ardından dini programlar geliyor, onları diğer meslek grubunda konukların katıldığı yayınlar izliyordu. Birkaç gün daha geçti. Ben yine masada günde ortalama yirmi telefonu yayına bağladım. Bu zaman içinde dikkat ettim; yirmi telefonun en az beş tanesi ismini vermek istemeyen dinleyicilerdi ve hepsi kadındı. Üstelik, tıpkı böbrek taşının konuşulduğu yayında olduğu gibi, bu yayınlarda da utanacak, çekinecek konular konuşulmuyordu. Bu durum iyiden iyiye merakımı celbetmeye başlamıştı ki teknik masadaki beşinci günümde dayanamayıp bir dinleyiciye soruverdim. "Hanımefendi, dilerseniz isminizi vermezsiniz tabii, sorun değil, lakin merak ediyorum neden kimliğinizi gizli tutmaya ihtiyaç hissediyorsunuz?" Karşımdaki kadın titrek bir sesle cevap verdi: "Yayına bağlandığımı bir tanıdık falan duyuverir de maazallah eşimin kulağına gider neme lazım!" Uzun bir vakit yok o sırada tabii, eşinin kulağına gitse ne olur, bunda çekinecek ne var, bu korkunun ardında nasıl bir hikâye var, bilemedim. Bilmediğim o hikâyeyi o gün eve dönünce kendim yazdım.

Kadının adını Kadriye koydum. Sanırım kadri kıymeti bilinsin istedim. Kadriye, Erzincan'da doğmuş büyümüş. Beş çocuklu bir evin tek kız çocuğu. Aslında Kadriye'yi tanıyabilmemiz için annesinin, hatta anneannesinin hikâyesini bilmemiz gerek. Anneannesi, Münevver Hanım, 26 Aralık 1939 yılında açmış gözlerini dünyaya. Yeni bir doğuş için oldukça bahtsız bir günmüş bu. Zira doğumundan birkaç saat sonra, 27 Aralık gününün henüz ikinci saatinin içinde, gece bir elli yedide büyük Erzincan depremi olmuş. Yerküre yedi nokta dokuz şiddetinde sallamış, Münevver bebeğin saniyeler içinde boş kalacak beşiğini. Beşik boş kalmış, çünkü annesinin koynunda son yudum sütünü emiyorken Münevver bebek, başlarına çatı olan ev üzerlerine yorgan olmuş. O gece dört yolcu çıkarmışlar enkazın altından, cennet yolcusu olsun diye gözyaşlarıyla dua ederek arkalarından. Münevver bebeğin annesi, babası ve iki yaşındaki ablası ölü bulunmuş. Münevver bebek de ölü bulunmuş ya aslında öyle değilmiş çünkü cılız nabzı duyulmayacak, kuş gibi atan minik kalbi fark edilmeyecek, körpe akciğerlerine dolan ilk nefesleri yok zannedilecek kadar güçsüzmüş. Öyle çıkmış enkazın altından. Sonra ailesiyle birlikte morga kaldırılmış. O gün ölen kırk bin kişi gibi vefat yazılmış raporuna. Münevver bebek, yaşamının daha ilk saatlerinde ölmeden ölmüş. Ertesi gün defin hazırlıkları için morga girdiğinde, gasilhane çalışanı Veli Bey, bir kedi miyavlaması duymuş incecik. 'Allah Allah,' demiş, 'nereden girmiş bu kedi morga! Yazık, bulayım da çıkarayım hayvancağızı donmasın sonra!' Başlamış aramaya. Oraya bakmış, buraya bakmış, bulamamış. 'Neyse kendisi çıkar,' diye düşünüp işine başlamış ama kedi miyavlaması bir türlü kesilmemiş. Derinlerden, içerilerden bir yerlerden incecik bir miyavlamaymış bu. 'Eyvah!' diye düşünmüş Veli Bey, 'yoksa naaşların içine mi girdi bu yaramaz kedi?' Zaten alacak oradan naaşları, hızla yapmaya başlamış işini. Birer birer açmış mevtaların henüz soğumaya yüz tutmuş cesetlerini. Azrail olup binlerce kişiye ölüm abdesti aldırmış depremin yanına katıp götürdüğü hayatları izlemiş her bir cesette. 'Ah,' demiş, 'ah! Nasıl da yok olup gitti on binlerce can, binlerce aile!' Sıra Münevver Bebeğin naaş torbasına geldiğinde kedi sesi yakınlaşmış. Veli Bey'in o an beti benzi atmış! Torbanın içinde ya bir kedi varmış ya da kedi miyavlar gibi incecik inleyen, ölü sanılıp buraya getirilmiş bir insanmış! İşte böyle fark etmişler Münevver bebeğin aslında ölmediğini. Fark etmişler etmesine ama depremde anası, babası ve tüm akrabaları cennet yolcusu olmuş. Kalmamış Münevver bebeğe sahip çıkacak kimi kimsesi. Neyse ki bir komşusu almış minik bebeği, Hatice teyze... Enkazların kaldırılması, deprem yaralarının sarılması birkaç yıl sürmüş. Sonunda Erzincan'da hayat eski günlerine dönmüş. Hatice teyze yıllar boyu bakmış minik kıza. Ne de olsa kapı komşusundan kalmış bebek, eski yareninden acı bir hatıra. Lakin Hatice teyze yaşlıymış, gücü yetmiyormuş çocukluğa yürüyen küçük bir bebeğe bakmaya. Ne yapsam diye düşünürken aklına köylerinin bir âdeti gelmiş. Köylerinde böyle sahipsiz küçük çocukları karın tokluğuna çalışsınlar diye besleme verirlermiş. Aklına yatmış bu fikir. Hem Münevver bir çatı bulurmuş hem de büyüdüğü çatıya ev işlerinde faydası olurmuş. Hemen haber salmış civar köylere. Birkaç gün geçmemiş ki Münevver besleme gitmiş komşu köye. Bir evde besleme olmak şu demekmiş; o evin çocuğusun ama değilsin. Karnını doyuranlara minnet duyup sürekli hizmet etmelisin. Böyle geçmiş Münevver'in çocukluğu ve gençliği. O evde öğrenmiş ki, 'kadın kısmı karnını doyuran çatıya minnet edip dövülse de sövülse de susup boyun eğmeli'. Bu öğreti hayatta kalmanın şartı olarak aktarılmış nesilden nesile. Münevver'den kızı Raziye'ye ve ondan da tek kızı Kadriye'ye. Kadriye, on yedisindeymiş gelin olup gittiğinde. Onun için evlilik demek, 'babam bilir' cümlesini 'beyim bilir' cümlesine dönüştürmekmiş çünkü Kadriye öğrenmiş ki, biri bilecekse, o kişi muhakkak ailedeki bir erkekmiş. Bu yüzden sorgulamazmış eşi niye kızar, neden kızar, neyi neden yasak kılar diye. Anneannesinden öğrenmiş bir kere; eğer çatın başında dursun istiyorsan 'tamam' dersin sadece...

O gece Kadriye'nin öyküsünü ağlayarak yazdım. Bir radyo programında ismini vermekten korkan bir kadının tee anneannesinden miras kalan öğretisini yazarken, bu öğrenmeyle yaşayan binlerce kadın için ağladım.

Ertesi gün ve diğer günler yine ismini vermek istemeyen kadınlar oldu canlı yayına bağlanan. Hepsine sordum sebebini. Kimi 'Ya ne bileyim, şimdi yanlış bir şey dersem rezil olmayayım' dedi utangaç bir sesle. O an kenara not aldım: Yanlış yapmaktan bu denli korkan bir insan nasıl bir ailede büyümüştür acaba? Eve dönünce yazdım öyküsünü. Kadının adını Güzide koydum, öyküsünün bundan sonrası güzide olsun duası ederek. Annesi Sıdıka Hanım, zor bir annenin evladıymış öyküye göre. Öyle zormuş ki, annesi sürekli aşağılarmış kızını. 'Sünepesin,' dermiş, 'beceriksiz,' dermiş. 'Sen büyüyeceksin, kadın olacaksın da biz de göreceğiz,' dermiş. Neden peki? Bir anne kızına neden böyle kötü cümleler hediye edermiş? Çünkü içinde derin bir değersizlik duygusu varmış. Kendini değerli ve üstün hissedebilmek için sürekli kızını aşağılarmış. Kızı ne kadar aşağıdaysa kendisi o kadar yukarıdaymış! İşte böyle bir ortamda büyümüş Sıdıka Hanım. Büyümüş, büyümüş, anne olmuş. İçinde derin bir aşağılık hissi ile almış kucağına Güzide bebeği. Bu his o kadar rahatsız ediyormuş ki onu, içinden atmak için bir yol bulması gerekmiş. O yol, yansıtmalı özdeşimmiş. Kendi duygularını boca etmiş kucağındaki bebeğe. Aşağılık olan kendisi değil Güzide bebekmiş, öyle davranmaya başlamış Güzide'ye. Ama annesi gibi hakaret etmeye el vermemiş vicdanı. 'Annem gibi anne olmam' dediği günleri hatırlamış. O da başka bir yol bulmuş aşağılık duygusunu üzerinden atmak için. O yol, aşağılamanın tam zıddı olan yolmuş: Mükemmel anne olacakmış! Hem kendini iyileştirecek hem aşağılık duygusunu kızına boca edecekmiş için için. Sıdıka Hanım o kadar mükemmel olacakmış ki, Güzide hiçbir hâliyle yetemeyecekmiş annesine. Aşağıda (!) kalacakmış. Böyle davranmış Güzide'ye. 'Ben senin yaşındayken' diye başlayan mükemmel senaryolar anlatmış kızına. Çıtayı yükselttikçe yükseltmiş. 'Kız çocuğu dediğin şöyle olmalı' diye onlarca tohum atmış kızının zihin toprağına, bir sürü -meli -malı inancı boy verip kök salmış yıldan yıla. Güzide hiç nasıl biri olduğuna odaklanamamış, hep nasıl biri olması gerektiğine bakmış. Böyle mükemmel bir anneye yakışır evlat olmak için uğraşmış çünkü eksik kaldığı her defa annesinin sevgisizliği içini saracakmış. Annesi kelimeleriyle söylemese de biliyormuş mükemmel olması gerektiğini, yoksa sevilmeyeceğini, annesi tarafından kabul görmeyeceğini içten içe. İşte bu yüzden yanlış yapmaktan korkarmış ölesiye...

Bir başkası, 'Neden isminizi vermek istemiyorsunuz' dediğim an kapattı telefonu. 'Ah,' dedim, 'nasıl da kendisi olmaktan korkmuş bu yaşa değin. Cevap vermeye dahi mecali yok'. Not aldım hepsini. Radyodan eve dönünce yazdım ismini vermek istemeyen bu dinleyicinin de hikâyesini.

Adını Kardelen koydum. Hani kar tabakasının altında kalmasına rağmen tohumu buz tutmayan, inadına karı delip de hayata gülümseyen çiçek. Kardelen gibi çıksın istedim görünmezlik çığının altında kalmış hikâyesinden. Kardelen, Mardin'de doğmuş bir kız çocuğuymuş. Ailesinin ilk kız çocuğu da değilmiş üstelik. Annesi Fatma Hanım üç evlat doğurmuş, üçü de kız. Üçü de erkek beklenen, üçü de kız olduğu için sevinilmeyen. İkinci kızını doğurduğunda Fatma Hanım, eşi demiş ki 'Bu son şansın! Ya bu çocuk erkek olur ya bu eve kuma gelir. Sen veremiyorsun madem bana bir er, yeni gelen kadın verir!' Evladı verenin kadın ya da erkek değil Allah olduğunu unutan bir zihnin sözleriymiş bunlar. Ama ne olursa olsun töreymiş, ananeymiş, böyle gelen ve ne yazık ki böyle gidenmiş. İşte bu şartların içinde, annesinin 'Allah'ım ne olur erkek olsun' yakarışlarını daha bir ceninken içine çeke çeke, olmaması duasını, bahtı kaderi bile bile olmuş Kardelen. Olmuş ama aslında hiç olamamış. Zaten annesinin üzerine kuma gelmesinin, babasının köy kahvesinde mahcup gezmesinin, soyları kururcasına bereketlerinin gitmesinin nedeni mahiyetinde olacağına hiç olmasaymış daha iyiymiş. İşte o da öyle karar vermiş, yok saymış kendini. Anası babası yok saydığı için zaten, kendine zor gelmemiş varlığını yok saymak. Varken yok olmanın ruhunu giymiş bedenine. Öyle yok olmuş ki, ne bir aile resmine katılmış ne de bir aile hatırasına. Hep köşede kenarda bir hayat sürmüş. Benim adım Kardelen, demeyi bile kendine zül görmüş.

On beş gün boyunca yayınlara telefonlar bağladım, ismini vermek istemeyen dinleyicilere dair öyküler yazdım, yazarken çok ağladım. On beş gün sonra bitti karantinası, Ragıp döndü radyoya. Ve tabii herkes işinin başına. On altıncı gün elimde öykülerimle genel yayın yönetmeninin kapısındaydım. "Murat

Bey," dedim, "on beş gündür dikkatimi çeken bir şey var. Bazı dinleyiciler, yayında konuşulan konu gayet normal, sıradan bir mevzu olmasına rağmen ismini vermek istemiyor. Yayına bağlamadan önce sordum hepsine 'neden isminizi vermek istemiyorsunuz' diye. Anlattılar sebeplerini. Ben de aldım o sebepleri ve öyküler yazdım üzerine. Okumanızı isterim," dedim. Eline aldı, okudu bir iki öyküyü Murat Bey. Duygulandı, gözleri doldu. "İsterim ki bu öykülerden bir radyo programı yapayım. Programda ismini vermek istemeyen dinleyicilerin öykülerini konuşalım. Kâh ben yazarım öyküleri kâh ismini vermek istemeyen dinleyici kendisi anlatır," dedim. "Olur," dedi. Öyle başladım radyo programlarına. Programın ismi, 'İsmini Vermek İstemeyen Dinleyici' oldu. Çok sevildi program, aradan bir yıl geçti geçmedi, ulusal bir kanaldan prime time program için teklif geldi. Yayını televizyona taşıdık. Artık her gün ismini vermek istemeyen kadınların hem öyküsünü dinliyoruz hem de isimlerini iftiharla söylemeleri yolunda onlara psikolojik destek veriyoruz.

Böylece adım adım, sevdiği işte aşkla çalışanlar grubuna geçmiş oldum. Televizyon programımın ilk yayın gününde kulise bir çiçek geldi, annemden. Not kağıdına: 'Ben sana radyoya kapağı bi at, gerisi gelir dememiş miydim, oldu bu iş' yazmış. Oldu valla, ne diyeyim. Çünkü Mürüvvet Neşelisoy'un kızıysanız o iş ya olur ya olur.

# kırık cam

Eda Karaduman... Otuz üç yaşında, kadın, AIDS hastası. Bazı hastalıkların özgeçmiş gibi –ya da belki öz gelecek demeliyiz– yakana yapışması diye bir durum var. Hastalık, bedenindeki bir araz olmaktan çıkıp yaşam motifin olduğunda buna mecbur kalıyorsun belki de. Kimse kendini tanıtırken, 'Adım Eda, otuz üç yaşındayım ve grip hastasıyım' demez mesela çünkü böyle bir hastalık seni tanımlayacak kadar ele geçirmez hayatını. Ama kanser hastasıysan, frengi isen ya da ne bileyim, hepatit virüsü falan varsa vücudunda, işin de hayatın da seyri başka oluyor. O hastalık bir kimlik gibi adının yanında kendine yer açıyor.

Eda, AIDS hastası. Bu hastalık nedir? Eda nasıl kapmış? İş buralara nasıl gelmiş? Anlatırım... Ama önce bir kayıtlarıma bakmam lazım. Yıllar oldu sonuçta. Eski dosyaları karıştırmak gerek. Lakin ben sondan başlayarak anlatayım istiyorum. Eda'yla çıktığımız yolculuktan başlayarak...

Belleğimdeki en belirgin kayıt şu sanırım: Eda ile bir benzincinin umumi tuvaletindeydik. Uzun yoldan geliyoruz, tamı tamına sekiz saat kırk yedi dakika yirmi üç saniyedir yoldayız. Hatta yirmi dört, yirmi beş, yirmi altı... Yolculuğumuzun sekizinci saatinde –dur bakayım dakikası neymiş– hıh, sekiz saat yirmi beş dakika elli ikinci saniyesinde Eda'nın midesi bulanmaya başlamış. Zaten yol boyu iyi değildi. Sürekli ağladı, yüzü iğrenir gibi şekiller aldı. Hava soğuk, soğuğa rağmen sanıyorum nefes alabilmek için, ara ara camı açıp başını arabadan dışarı uzattı. 'Ah midem,' dedi ara ara. Her konuştuğunda 'Senin için ne yapabilirim?' diye sordum ama cevap vermedi. Oysa onu rahatlatacak hafif bir müzik açabilir, benimle konuşmak istemiyorsa bile konuşması için yakın bir arkadaşını veya doktorunu arayabilir ya da belki yanımdaki fotoğrafları gösterip onu hayalen başka zamanlara götürür ve çektiği acıdan zihnini uzaklaştırabilirdim. Ama o bunların hiçbirini istemedi. Yani ben soruma sessiz kalmasını öyle yorumladım.

Midesinin kötü olduğu belliydi ama ilk gördüğü benzincide durmadı Eda. Hatta ikinci ve üçüncüde de durdurmadı arabayı. Sonra dördüncü benzinciyi gördüğünde aradığını bulmuş bir ses tonuyla "Hıh, burası temizdir," dedi. Sonuçta kusacaktı, yapılabilecek en kirli işlerden birini yapacaktı tuvaletin kuburuna. Ama zaten insan kirli işler yapmak için hep temiz yerler arardı. Mesela bir fahişeyi kirletemezdiniz. Ama bir bakireyle zorla birlikte oluyorsanız bu onun için kirlenmek sayılırdı. Kirlenmek... Eda kusarken ve ben hemen yanı başında öylece dururken, doktoruyla bir yazışması belirdi hafızamda:

'Eda yapma! Kendini kirletme. Tertemiz bir kızsın sen. Tertemiz bir hayatı hak eden tertemiz bir kız...'

'Benim temizliğim mi kalmış, doktor! Dünyanın en kirli insanlarından biriyim ben. Kusmuk dolu bir kuburdan farkım yok!'

Bu noktada biraz Doktor Perihan Mutlu'dan bahsedeyim size, zira hikâyemiz için oldukça önemli bir isimdir kendisi. Kayıtlarıma bakınca görüyorum ki, Eda son beş yılda bin üç yüz altmış iki kere konuşmuş doktoruyla. Yazdığı mesajların haddi hesabı yok, bir sürü yazışma... Ama ilginçtir, hiç fotoğrafları yok beraber. Eğer olsaydı, Doktor Perihan Mutlu'yu tafsilatlı olarak anlatabilirdim size. Kaşından gözünden, boyundan posundan, ne bileyim, güler yüzlü ya da asık suratlı olup olmadığından bahsedebilirdim. Fotoğraflarda iyi çıkıyor mu, yoksa hep gözü kapalı mı çıkar, fotoğraf çekilirken kasar mı kendini, doğal hâlini yansıtabilir mi, anlatırdım hepsini. Ama yok işte. Tek bir fotoğraf karesi bile yok. Onun hakkında bildiklerim zührevi hastalıklar ve psikiyatri konusundaki uzmanlığı, Eda'yı diğer hastalarından ayrı tuttuğu, sıcak, anaç bir sesi olduğu... Bu kadar.

Bir muayene sırasında Eda, Doktor Perihan'a, "Enteresan bir seçim," demişti. "Nasıl yani," dedi Doktor Perihan. Eda, "Zührevi hastalıklar..." dedi, "uzmanlık alanınız, çok enteresan. Hani pek çok kişi çocukken doktor olmak ister ama 'büyüyünce zührevi hastalıklarda uzmanlaşayım' diye hayal eden yoktur herhalde. Bir yerde seçtiğimiz mesleklerin yaşamımızdaki bazı anılarla ilgili olduğunu okumuştum. Zührevi hastalık uzmanı olmak için nasıl anılar gerekiyor Doktor Hanım?" demişti. Doktor gülümsemiş, konu hakkında yorum yapmamış, Eda'nın tahlillerini incelemeye kaldığı yerden devam ederek konuyu kapatmıştı. Sonra, yıllar sonra, hatta durun tam tarihini söyleyeyim, 26 Eylül 2019 saat yirmi üç otuz altıda anlatmıştı Eda'ya bu tercihinin sebebini.

Doktor Perihan Mutlu'nun, aynı soyadı gibi mutlu bir hayatı varmış. İyi geçinen anne baba, huzurlu bir ev ortamı, maddi sıkıntıları yok... Bir çocuğun isteyebileceği her şeye sahipmiş çocuk Perihan. Sonra bir gün annesi grip olmuş. Sadece grip, büyük bir şey değil ama bu küçücük virüs hayatlarını altüst etmiş. Annesi bir türlü iyileşemediği gibi ayılıp bayılmalar başlamış kısa süre içinde. Doktorun yolunu tutmuşlar telaşla. Tahliller, tetkikler yapılmış ve annesinin HIV pozitif olduğu anlaşılmış. AIDS yani... Bu hastalık nasıl bulaşır? Vücut salgıları yoluyla. Tükürük, kan... Ama en çok cinsel ilişki yoluyla. Bu kadın kiminle ilişkiye giriyor? Kocasıyla. Eee kocası taşıyıcıysa, o zaman tek çocuklarının, yani Perihan'ın da bu hastalığı kapmış olması yüksek ihtimal. Perihan'ın annesi kendi derdine düşemeden kızının sağlığının derdine düşmüş. Tahliller, tetkikler... Perihan temiz çıkıyor. Ortada iki ihtimal kalıyor. Ya Perihan'ın annesi bu virüsü başka birinden kaptı ya da kocası onu aldatıyor. Perihan'ın annesinin kocasını aldatmadığını hem kendisi hem kocası biliyor. Perihan'ın babasının eşini aldattığını ise kendisi biliyorsa da karısı yeni öğreniyor. Meğer adam hayat kadınlarına gidermiş sık sık. Milletin balık tutmak, halı sahada arkadaşlarıyla maç yapmak, kahveye, nargile kafeye takılmak falan gibi hobileri olur, bu adamın hobisi geneleve gitmek. Hobisi batsın. Neyse, gel gelelim o an kadının sağlığı gibi evliliği de ellerinden kayıp gidiyor. Ayrılmıyor tabii eşinden. Ölüme yürüyor kadın, ayrılıp ne yapsın, onunla mı uğraşsın. Ama ruhunda, kalbinde, gönlünde boşanıveriyor kocasından tek celsede. Öldüğü güne kadar bakmıyor bir daha gözlerine. Perihan'ın annesini zahiren AIDS öldürmüş gözükse de aslında kadın AIDS'ten ölmeden önce eşinin ihanetinden ölüyor.

Perihan bu gerçeği yıllar sonra, babası ölünce anneannesinden öğreniyor. O güne kadar saklamışlar üzülmesin diye. Zaten anası öldü, babası da yaşayan ölü olmasın kızının gözünde istemişler. Ama babası gerçekten ölünce anneannesi kusuvermiş yılların zehrini torununun yüreğine. Perihan sarsılmış, on şiddetinde depremler olmuş kalbinde. Tekrar tekrar yıkılıp, yaşadığı acıların enkazının altında tekrar tekrar nefessiz kalmış. Bir gün gelmiş, taşıyamaz olmuş yaşadıklarını. 'Kader' deyip geçemez olmuş. Ölmek istemiş, tam bir şişe hapı içiverecek, birden aklına diğer Perihanlar gelmiş. Annesi amansız bir hastalığa tutulmuş, küçücük yaşta öksüz kalma ihtimali yaşayan Perihanlar… İçindeki ölüm isteği yoğun bir yaşam pınarına dönüşmüş hızla. Zaten Perihan bu sırada tıp fakültesindeymiş. Okulu bitirmiş, sonra iki uzmanlık alanı seçmiş. 'Zührevi Hastalıklar' ve 'Psikiyatri'. İkisini de okumuş, ikisini de birincilikle bitirmiş. Kendisini başka anneleri yaşatmaya, başka çocukları öksüz kalmaktan kurtarmaya, babası gibi şerefsiz adamlar koşup gitmesinler diye, muayeneye gelen hayat kadınlarını rehabilite etmeye ve o hayattan döndürmeye adamış.

Bu öyküyü Doktor Perihan, Eda'ya ağlayarak anlatmıştı. Eda, doktorunun acı dolu hikâyesini dinlemiş ve elindeki ilaç dolu şişeyi bırakıp intihardan vazgeçmişti. Oysa o telefonu son bir hoşça kal demek için açmıştı doktoruna. Çok acısı olduğundan, dayanamadığından, artık yaşamak istemediğinden bahsetmişti. Doktor Perihan ise acıyla baş etmenin tek yolunun ölüm olmadığını, acılarımızın bizi diri tutup daha iyi bir hayat kurmamız için yakıt olabileceğini anlatmıştı Eda'ya. Sonra da kendi hikâyesini… Ben de tarihi kaydetmiştim: 26 Eylül 2019 saat yirmi üç otuz altı, Eda'nın ölmekten vazgeçtiği tarih.

Eda ağzını çalkalayıp yüzünü yıkadıktan sonra kan çanağı gibi olmuş yorgun gözleriyle, tuvaletin aynasındaki aksine baktı. Aynada, 'Bulmak İstediğiniz Gibi Bırakın' yazıyordu. "Hıh" dedi müstehzi bir iç çekişle, "Bulmak istediğin gibi bırak, ha! İnsanlar seni bulmak istedikleri gibi bırakmıyorlar ama!"

Ağlamaya başladı...

Aynadaki aksine kaydı sonra gözü. "İğrençsin," dedi kendi kendine. Yüzü çökmüş, gözlerinin altı morarmış, bundan on yıl önceki hâline kıyasla güzelliği yok denecek kadar azalmıştı. Bir fotoğrafı vardı bende. Yıllar önce çekilmiş bir fotoğraf. Hatta durun tam tarihini söyleyeyim, dokuz yıl, altı ay, iki hafta önce saat on üç kırk beşte çekilmiş. Hafif gülümsemiş Eda o fotoğrafta. Sanıyorum bende var olan gülümsediği tek fotoğraf o. Fotoğrafı şu aynaya koysak, Eda'nın yanına, fotoğraftaki kızın başka biri olduğunu rahatlıkla söyleyebilirdiniz. O derece değişmişti; kaşı, gözü, yüzü, bedeni, gülüşü... Bazı geceler acıdan inlerdi Eda. Yanındaydım, duyardım ama acısı bedeninde mi yoksa yüreğinde mi tam anlayamazdım. Doktor Perihan Hanım'la son seansında, 'Gideceğim yanlarına! Görsünler eserlerini' demişti hışımla. Bu uzun yolculuk öyle başladı. Tam tamına dokuz saat, dört dakika, kırk üç saniyedir yoldaydık. Hatta kırk dört, kırk beş, kırk altı...

Varış noktasına az kalmıştı. Nasıl bir yüzleşme olacak çok merak ediyordum. Babası Eda'yı bu hâlde görünce ne yapacaktı? Ya ağabeyi? Sonuçta her şeyi başlatan ilk taşı o atmış değil miydi? Hepsi kayıtlı. Dört yıl, on ay, iki hafta, beş gün önceki seansta Eda her şeyi anlatmıştı doktoruna. Bağıra bağıra, ağlaya ağlaya anlatmıştı. O kadar çaresiz ve öfkeli gözüküyordu ki, yardım etmek istercesine konuşmaya dahil olmuş, 'Sana nasıl yardımcı olabilirim,' demiştim. Kızmıştı bana Eda ya da belki de kızdığı ben değildim, sadece konuşarak öfkesini çekmiştim. 'Sus! Kes sesini,' diye bağırmıştı. Çok acı çektiği her hâlinden belliydi. Susmuştum, acısına susarak ortak olmuştum.

'Anlatayım ha! Nasıl bu hâle düştüğümü, bu boktan hastalığı nasıl kaptığımı anlatayım. İyi madem, öyle olsun doktor. Küçük bir evde doğdum büyüdüm ben. İki göz odanın ve dört kardeşin olduğu bir evdi. Üç ağabeyim var benim. Annemle babamın odasının dışındaki o tek odada yatardık dört kardeş. Yere döşekler serilir, üç ağabeyim yerde yatar, ben de divanın üzerinde uyurdum. Sonra, ilk nasıl başlamıştı hiç hatırlamıyorum. Büyük ağabeyim geceleri yanıma gelmeye başladı. Sanırım beş ya da altı yaşındayım. Ama inanın hiç net değil hatırladıklarım. Her şey bulanık, ufak ufak parçalar var sadece zihnimde. Bu şerefsiz yanıma geliyor. Okşuyor, dokunuyor... Küçücük çocuğum ulan ben! Anlam veremiyorum. Belki seviyor beni zannediyor, bilemiyorum. Ne hissettim inanın hatırlamıyorum. Ama içim bir tuhaf oluyor, onu hatırlıyorum. Derin bir utanç. Ertesi gün annemle, babamla, ağabeyimle göz göze gelemiyorum utancımdan. Her gece sessizce yaklaşıyor. O yatağa geldiğinde arkamı dönüp büzüşüyorum yorganın içinde. Aklımdan onlarca soru geçiyor: Ya anam babam odadan çıkar da görürse? Ya biri uyanırsa? Ya biri yüzüme bakınca anlarsa? O yüzden hep yüzüm yerde geziyorum gündüzleri. Kimse bakmasın da anlamasın diye. Suç işlemiş küçük bir çocuk gibi, her defasında uyuyor numarası yapıyorum, hiç kıpırdamıyorum. Sanki uyanırsam gerçek olur gibime geliyor. Uyanırsam suça ortak olurum. Oysa uyuyorsam rüya sayabilirim yaşadıklarımı. Gözümü sımsıkı kapatıyorum. Bitsin diye dua ediyorum. Uzun süre devam etti bu şerefsizin yanıma gelip gitmeleri. Yaşı büyüktü. Bilmem kaç yıl sonra evlendirdiler bunu. Defolup gitti evden. Kurtuldum diye düşündüm. Yaşım dokuz falan herhalde. Bir gece diğer ağabeyim sokuldu yanıma. Kanım dondu. Artık o kadar küçük değilim. Direndim. 'Ne yapıyorsun' dedim, 'babamgillere söylerim' dedim. Yıllarca ağabeyime vermişsin, anlatırım anama babama,' dedi. Şerefsiz it! Yediği herzeleri anlatmış bir de diğer ağabeylerime. O an ölmek istedim. Yer yarılsın içine gireyim istedim. Rüya olsun diye gözümü sımsıkı kapattıklarımın gerçekliğini vurdu suratımın ortasına...'

Bunları anlatırken çok ağlamıştı Eda. Hatırlıyorum, hepsi hafızamda. Yıllar boyu diğer iki ağabeyinin de kendini nasıl taciz ettiğini anlatmıştı. Zaman içinde bedenini hissetmemeyi nasıl öğrendiğini, ona dokunulduğunda sanki ruhu dışarı çıkıyormuş da tüm bu olan biteni havada uçarak izliyormuş gibi deneyimlediğini anlatmıştı. Eda bakıyor ki bu pis bataklıkta çırpındıkça batıyor, daha on üç yaşında, kendine ilgi gösteren ilk erkeği kurtuluş bileti biliyor. Adı Haydar. On dokuz yaşında. Ne zaman mahallede Eda'yı görse kaş göz ediyor. Mahalleli küçük çocuklarla Eda'ya not gönderiyor, anasını istemeye göndereceğini yazıyor Eda uçuşuyor. 'Bitecek sonunda,' diyor. 'Namussuz ağabeylerimin namussuzluğunu, Haydar'ın eşi olarak temizlerim,' diyor. 'He,' diyor Haydar'a. Haydar haber gönderiyor, dere kenarında buluşalım diye. Gidiyor Eda. 'Sen benim eşim mi olacaksın, helalim mi olacaksın' cümlelerinin sarhoşluğunda haram ediyor Eda'ya genç kızlığını. İlişkiye giriyor. O sırada Eda'nın bedeninden çok kalbi, hayalleri, insanlığı, genç kızlığı kanıyor. Sonra mı? Sonrasında gelen giden olmuyor Eda'yı istemeye. Haydar arazi oluyor, toprak oluyor. Yok ortalarda Haydar. Anası, 'Askere gitti,' diyor. Haydar, Eda'nın hayallerinin mezarı oluyor.

Eda ne yapacağını ne edeceğini bilemiyor bir süre. Sonra annesine gidiyor. Haydar bana böyle etti, diyemez. Ne işin vardı dere kenarında derler adama. Ağabeylerini anlatıyor annesine, 'Onlar yaptı' diyor. Sanıyor ki o zaman iş çok büyümez. Sonuçta iş büyürse anasının babasının adı çıkar mahallede. İstemezler bunu susarlar, konu kapanır, diye düşünüyor. Ama hiç düşünemeyeceği, aklına bile gelmeyen bir şey geliyor başına. Eda'nın anası, babasına anlatıyor durumu. Evet, konu kapanır gibi oluyor. En azından evde kızılca kıyamet kopmuyor, kimse Eda'yı dayaktan öldürmüyor. Ağabeyleri peşi sıra evlendiriliyorlar. Oh, çekiyor Eda. 'Ben de hiç evlenmem. Anama babama bakarım. Kimse anlamaz durumumu' diye düşünüyor. Ama bir gece babası yanaşıyor yanına. Eda o an ruhen ölüyor. Film tam da burada kopuyor.

'Kırık cam teorisi diye bir şey duydun mu doktor?' demişti Eda. 'Bir araştırma yapılmış. Jilet gibi, yeni bir arabayı bir mahalleye terk edip gözlemlemeye başlıyorlar. Bir hafta boyunca arabaya kimse dokunmuyor, kimse çalmaya ya da zarar vermeye çalışmıyor. Sonra deneyi yapan ekip balyozlarla arabanın birkaç camını kırıyorlar. Ve yine çekilip gözlemeye başlıyorlar. Birkaç saat içinde arabayı kırıp dökmek için saldıranlar, teybini, aküsünü çalanlar peyda oluyor. Eğer arabanın camı kırıksa, o arabaya zarar vermek isteyenlere gün doğuyor. Aynı çöp atılmış bir kaldırıma herkesin çöp atmaya başlaması gibi... İşte ben camı çerçevesi indirilmiş, öz ailesi tarafından balyozlanmış, koltukları delik deşik edilmiş o arabayım. Üzerine lağım kirleri boşaltılmış o kaldırımım doktor...'

Eda kaçıyor sonra evden. Doğduğundan beri tanıdığı her erkekten zarar görmüş bir genç kız olarak nefret ediyor erkeklerden. Bir şeyi öğrenmiş; erkekler onun bedeniyle ilgileniyorlar.

O zaman onlara istediklerini veririm, karşılığında hem paralarını hem onurlarını alırım diyor. Yıllar boyu para karşılığı satıyor bedenini. Bir gün baskın oluyor çalıştığı yere, polisler alıp götürüyorlar nezarete. Öncesinde de muayene için zührevi hastalıklara uğruyorlar. Tetkikler yapılıyor, sonuçlar çıkıyor: HIV pozitif…

'Ondan sonra ne yaptım biliyor musun doktor? Karşıma çıkan, ağıma düşen her pislikle korunmadan ilişkiye girdim. Ben zaten yıllar önce ölmüşüm. Eee hastalığım da birkaç yıla ölümümü resmiyete kavuşturacak, giderken yanımda ne kadar çok erkek götürsem kârdır dedim. Dünya temizlenmiş olur sayemde. Ha bir de Haydar'ı buldum. Kaçmış, yaşadığım şehre gelip düzen tutmuş şerefsiz. Evlenip çoluk çocuğa karışmış. Tatlı tatlı konuştum onunla, hiç kızgın değilmişim gibi davrandım. Sohbet koyulaştı tabii. Evime davet ettim. Eski günleri yad edelim, dedim. Sonra da… Yataktan kalkarken AIDS olduğumu söyledim ite. Gözlerimin önünde deprem görmüş bina gibi bir yıkılışı vardı. Gebersin! Yüzündeki o ifade ömrüme on yıl katmıştır doktor, öyle keyiflendim.'

Tam bu sırada Doktor Perihan, Eda'nın elinden tutmuş, 'Eda, hiçbirimiz ne kadar ömrümüz kaldı bilmiyoruz. Oysa ölümcül bir hastalık haberi duyunca içimiz kavruluyor, sanıyoruz ki sadece ölümcül hastalar ölecek ya da en azından önce onlar ölecek. Bu savın doğruluğunu kim iddia edebilir? Lakin asıl vermen gereken cevap bence şu: Kalan ömrünün daha ne kadarında abilerinin ve babanın tacizine maruz bırakacaksın kendini?' diye sormuştu.

'Nasıl yani,' demişti Eda. 'Beni taciz etmiyorlar ki artık!'

'Emin misin,' diye sordu, Doktor Perihan. 'İntikam için hareket ettiğin her defa bu olayı da yanında götürmüyor musun? Bu felaketi zihninde, hatıranda, bedeninde sıkı sıkı tutmuyor musun? Hatta bu trajediyi hayat yakıtın yapmıyor musun? O zaman diyebiliriz ki sen her gün yeniden, yeniden ve yeniden tacize uğruyorsun. Ne zaman kalan ömrünü giden ömründen güzel kılmak için harekete geçeceksin? Var mı bir planın,' diye sormuştu. İşte Eda'nın yolculuğa çıkma kararı bu seanstan sonra oldu. Madem her şeye baştan başlayacağım, o zaman önce geçmişle hesabımı kapatayım dedi sanırım. Ve yola çıktık.

Yol tam tamına on saat, on iki dakika, otuz iki saniye sürdü. Otuz üçüncü saniyede Eda, yıkık dökük bir köy evinin önünde arabadan indi. "Baba ocağı," dedi, sadece kendi duyabileceği kadar yorgun bir sesle, "ocağımı yıkan baba ocağı". Kapıyı çalacak, ana babasının gözlerine bakacak gücü bulamadı o an içinde. Başı dönmeye başladı. Küçük bir çocukken ona kocaman gelen, aslında oldukça alçak olan bahçe duvarına tutunarak korudu dengesini. Arabaya binip gitmeye yeltendi, kontağı çevirdi. Bir an ağabeylerinin, babasının ve her şeye sessiz kalarak tüm melanete ortak olan annesinin yüzü belirdi gözlerinin önünde. Çocukluğuna dair tek bir güzel anı hatırlayamadı. "Doktor haklı," dedi usulca. "Burada olmak hesabı kapatmıyor ki, bilakis defteri hep açık tutuyor." Değmeyeceğine karar verdi. Ani bir hareketle hızla çalıştırdığı arabayı aynı hızla kapatarak çıktı arabadan. Yerden bir taş aldı. İçinde birikmiş tüm acının, kinin, öfkenin, hıncın ve hırsın vücudundan çıkıp o taşta vücut bulduğunu hayal etti, sanki gerçekten görürcesine. Ve tüm kuvvetiyle taşı çocukluğunun geçtiği evin camına fırlattı. Taş hızla cama çarptı, cam büyük bir gürültüyle yere indi, paramparça oldu.

Köyden şehre doğru yola çıktığında Doktor Perihan'a sesli mesaj gönderdi Eda. Aslında yorgundu. Uzunca bir yol gitmişti hem asfaltta hem ruhunda. Ama tuhaf bir dinçlik vardı üzerinde. "Doktor, sen gitme desen de gittim köye" dedi, "ama yüzleşmedim. Yok yok, korktuğumdan çekindiğimden değil, o an buna ihtiyaç duymadığımı fark ettiğim için. Tek bir şey yaptım. Yerden bir taş alıp camlarını kırdım" dedi, "artık onların da kırık bir camları var, ödeştik...".

Dönüş yolu elli altı saat kırk beş dakika yirmi dört saniye sürdü, çünkü dura dura geldik. Eda, görmek istediği şehirleri tek tek gezdi. Bir turist gibi, sanki başka bir diyardan ülkesine yeni gelmiş gibi gezdi. Bir sürü fotoğraf birikti hafızamda. Hafızamdaki diğer fotoğraflardan tek farkı, Eda hepsinde gülüyordu. Evine dönünce ilkin bir işe girmeye karar verdi. Bir haftaya kalmadan marketlerden birinde kasiyer olarak işe başladı. Yaşayabileceği kadar para kazandı, kazandığı parayı gerçekten yaşamak için harcadı. Geri kalan ömrünü bol seyahat ederek, yeni arkadaşlar edinerek, yaşayarak geçirdi.

Doktor Perihan mı? Onu en son Eda hastaneye yatırıldıktan sonra gördüm. Son haftalarda hiç gücü kalmamıştı artık Eda'nın, hastanedeydi. İşte oraya geldi Doktor Perihan. Konuştular, ağlaştılar, sarıldılar. "Sen doktor değilsin, mimarsın, bir enkazdan yıkılmaz bir hayat inşa ettin," dedi Doktor Perihan'a sarılarak. Bu, onu son görüşüm oldu, yani Eda yaşıyorken.

Eda'nın vefat ettiği gün arkadaşları evini toparlayıp geriye kalan birkaç parça eşyasını fakir fukaraya dağıttılar, kimsesi yoktu sonuçta.

Doktor Perihan bir beni, yani Eda'nın cep telefonunu vermeye kıyamadı. İçinde Eda'nın onlarca fotoğrafı, yazışmalarımız, ses kayıtları var. 'Bende kalabilir mi,' deyip aldı beni yanına. Arada açıp açıp bakıyor. Ne zaman fotoğraf albümüme girse Eda'yla tek kare fotoğraf çekilmeyi akıl edemediği için hayıflanıyor. İşte o zamandan beri Doktor Perihan'ın yanındayım. Eda öldüğünden beri. Yani tam tamına seksen iki saat, yedi dakika, on altı saniyedir. Hatta on yedi, on sekiz, on dokuz...

# afiyet olsun

İnsanlar size dıştan bakarlar ve şişman, zayıf, balık etli gibi tanımlarla görüntünüze bir isim vermeye çalışırlar. Bilmem kaç kilo ile şu kilo arası zayıf, şu kilonun üzeriyse balık etli, bilmem kaç kilo sonrası şişman derler. Herkes nasıl göründüğünüzle ilgilidir ama nasıl hissettiğinize kafa yoran, onu merak eden yok gibidir. Bu yüzden birilerinin ağzını yaya yaya, 'Ah canım, kilo mu aldın sen' diye sormasına ifrit olurum. Hee aldım, ne etcen, fazla kilomu bölüşecen mi benle? Neden soruyorsun? Aldığım kilonun altındaki duygusal yükün bir gramıyla bile ilgili misin acaba? Yok!

Geçtiğimiz yıldan bu yana, hatta sanıyorum tam on bir ay sekiz günde yirmi beş kilo aldım. Dile kolay, tartıya ağır bir kilo. Kilo almak enteresan bir şey, önce bir iki kilo gibi başlıyor mesele. Ay dikkat edeyim kilom artıyor, diye düşünüyorsun ama işte bir yerde yemeğin cazibesi bir kadın olarak kendi cazibeni yerle bir ediyor ve ipin ucu kaçıyor. Sonra bir bakmışsın dolmuşta çift kişilik yer parası ödüyor, asansöre bindiğinde insanların 'toplam üç yüz kilo taşıyormuş asansör, geçtik mi acaba' diye saygısızca konuşup sana dik dik bakmalarına maruz kalıyorsun. İşte son aylarda yaşadığım şey tam da buydu. Peki ne yaptım? Diyetisyene gittim tabii. Aramızda şöyle bir diyalog geçti:

"Aslında hiç bu kadar çok yediğim bir dönem olmadı. İşin gerçeği bu kiloda olmaktan utanıyorum da biraz. Ama bir türlü kendimi durduramıyorum. Tabii son bir yılda yaşadığım stresin de etkisi oldu ama bu kilo fazla, çok fazla..."

"Değerleriniz normal görünüyor," dedi diyetisyen. Gözlüğünü hafifçe burnuna doğru indirmiş, yaşlı insanların ilaç prospektüsü okurken yaptıkları gibi gözlerini kısmış, ciddi bir yüz ifadesiyle kan ve idrar tahlillerinin sonucunu inceliyordu. "Tiroit, insülin direnci, açlık kan şekeri... Hepsi normal görünüyor. Tabii ufak tefek oynamalar var ama ani kilo alışını düşünürsek anormal bir durum değil. Eskiden de böyle hızlı kilo alıp verdiğiniz dönemler olmuş muydu?"

"Sanmıyorum... Hatırlamıyorum... Yani bebekliğimde tombul muydum bilmiyorum ama kendimi bildim bileli normal kilodaydım. Ama işte bu yıl çok kilo aldım..."

"Bu yıl, diyorsunuz? Sizin için önemli bir yıl mıydı?"

"Bu yıl mı? Şey, biraz stresli bir yıldı benim için. Stres kilo yapar değil mi? Eşimle, yani eski eşimle, boşanıyoruz da. Bununla ilgisi olabilir mi sizce? Stresten yemiş olabilir miyim?"

"Duygusal yeme olabilir tabii. Biz diyete başlayalım, baktık yol alamıyoruz, beden direnç gösteriyor, o zaman bir psikolog öneririm size. Olur mu?"

"Hmm, demek duygusal yeme olabilir diyorsunuz. Peki, dediğiniz gibi yapalım. Diyete başlayalım, eğer gerek görürseniz psikoloğa da giderim. Yeter ki gitsin şu kilo üzerimden…"

Kapıyı kapatırken elimdeki diyet listesini katlayıp hışımla çantama sokuşturdum. İçimde yoğun bir öfke uyanmıştı. Ayların birikmiş hıncı harf harf, cümle cümle akıp gitti ağzımdan: "Şerefsiz herif! Karının kızın peşine düşüp yuvasını dağıtan o, psikolojimi bozan o, yok diyetisyenmiş yok psikologmuş koşup uğraşan ben! O sefasını sürsün ben bu hâllerde sürüneyim, adi pislik!"

Bu yaşıma kadar öğrendiğim bir şey varsa o da cennete ya da cehenneme gitmek için ölümü beklememizin gerekmediğidir çünkü her insan kendi cennetini de cehennemini de içinde taşır. İçin için cennet bahçelerinde gezinir, Kevser şarabını yudumlar, Aden ikliminin huzurunu içine akıtır veya tam tersi olur. Kendi yüreği zebanisi, odunu, ateşi, koru, közü, cehennemi hâline gelir. Sadece birkaç ay içinde, yıllar boyu cennet sandığım iç dünyamın nasıl cehenneme dönüştüğünü görmüştüm. Aldatılmış ve en güvendiğimin ihanetiyle bin şiddetinde bir deprem enkazının altında kalmıştım. Bedenim sanki beni kendi etimin enkazında bırakmak istercesine kilo üstüne kilo almıştım. Şimdi cehennem de bendim zebani de. Kendi ateşimi kendim korluyor, yediğim her lokmayla kendi cehennemime odun taşıyordum.

İnsanın içi bu denli yangın yeri olunca bakışı alev, sözü ateş oluyor. Gördüğü her şey ona fazla geliyor. O gün diyetisyenden çıkıp arabama doğru yürürken her şey gözüme kötü göründü. Belediye yine yol çalışması yapıyordu. "Salaklar! Geceler çuvala girdi çünkü, günün ortasında yapın şu işleri ki trafik felç olsun" diye söylenmeye başladım. Kaldırımda yanımdan geçerken koluma hafifçe değen gence baktım sinirle: "Hee tak kulağına o kulaklığı tabii! Tak ki ne kimseyi gör ne de dönüp özür dile" diye söylenmeye devam ettim. Arabaların park ettiği yolun kenarında ağaçlar vardı. Üzerinde cıvıldayan kuşlara ilişti gözüm. "Yapın yapın, arabaların üzerine sıçın siz de! Bir dolu temizlik parası ödeyelim sonra..." diye kuşlara çıkıştım. Zira kuşlara bile çıkışacak kadar öfkeli, kuşu bile düşman görecek kadar yaralı, kuşun cıvıltılı şakımasını kendime inat sanacak kadar üzgün ve yalnızdım.

İç sesim konuştukça daha da öfkelendim. Öfkelendikçe iç sesim daha da çok konuştu. Eşe dosta karşı seni fiştikleyip duran dedikoducu kadınlar gibiydi içimdeki ses. Her şeyin ve herkesin düşman tarafını o denli hızlı gösteriyordu ki, gördüklerim karşısında bazen gardımı almaktan, bazen karşı atağa geçip savaşıp durmaktan yorgun düşüyordum. 'İşte bir bu eksikti!' diye söylendim hışımla. Arabam park ettiğim yerde yoktu. 'Bunca arabanın içinde benimkini çekin! Siz de vurun, herkes vurdu, bir de siz vurun!' diye öfkeyle söylenirken içimde yoğun bir acı belirdi. Kendimi daha fazla tutamadım. Öfkemin yerini derin bir hüzün aldı. Yapayalnız hissettim. Tüm dünya bana karşıydı sanki. Etrafımdaki insanları umursamadan kaldırıma oturup hıçkırarak ağlamaya başladım. Ağladım, ağladım, ağladım... İçimdeki cehennem donana değin ağladım.

Ertesi gün boşanma davamız vardı. Adliye koridorunda sıranın bana gelmesini beklerken, içinde bulunduğum ağır duygusal yükün altında ezilmemek için çocukken annemin sık sık yaptığını yapıyor, avukatımla konuşarak dikkatimi dağıtıyordum. O sırada Hakan geldi. Eşim, yani umuyorum eski eşim. İnsan zihni çok enteresan. Dost mu, düşman mı hiçbir zaman tam olarak anlayamıyorsun. Daha bir dakika evvel beni sürecin ağırlığından kurtarmak için önüme başka başka görüntüler sunan 'dost' zihnim, Hakan'ın görünmesiyle eski güzel günlerimizden bir potpori yapmış çat diye önüme koyuvermişti. Saniyeler içinde kuzu postuna bürünmüş bir kurt gibi düşman yüzünü görmüştüm. Gözlerim doldu, içimde derin bir yas duygusu uyandı. Yaşanmış tüm günler, hatıra saydığım, anı bildiğim her bir an teker teker kaybedilmiş zamana dönüşmeye başladı. Yüreğim eşini kaybetmiş dul bir kadın mateminde en kara hâline büründü. Öyle ya, sadece ölüm değildi insanları ayıran. Hatta eşin ölmüş olsa hayırla yad ettiğin anıların miras kalabilirdi sana, onlarla avunabilirdin. Oysa boşanıyorsan, belli ki hayredilmiş anıların yoktu, kahredilmiş ve kaybedilmiş yılların vardı. Doldum, doldum, istemsizce gözümden yaşlar boşalmaya başladı. Gözyaşlarımı, mübaşirin beni bugünün ağır gerçeğine çağıran sesiyle sildim.

"Zeynep Çulhacı, Hakan Çulhacı... Zeynep Çulhacı, Hakan Çulhacı... Mahkeme salonundan bekleniyorsunuz."

Mübaşirin sesi adliye koridorunun soğuk griliğini delip geçerken, hayatımın en zor adımlarını atmak için güç toplamaya çalışıyordum. 'Boşanma davası...' diye geçirdim içimden. 'Başıma gelmedik bir bu kalmıştı, bu da oldu' diye düşündüm. Hayatta her şeyi affedebilirdim ama eşimin başka bir kadına aşkla, şehvetle baktığını bilmek... Bu bilgiyle yaşayamazdım.

Aldatılan kadınların öyle hissettiğini sandığım gibi bu olay kendimi yetersiz, değersiz, adeta bir paçavra gibi hissettirmişti. Evlenen genç kızlara 'Süslü püslü ol ki kocanın gözü dışarı kaymasın' dendiğine göre kocanın gözü dışarı kaydıysa bu senin süsünün püsünün, yani kadınlığının eksikliğiyle ilgili olmalıydı. Tabii ya! Zaten kayınvalidem de olayı ilk duyduğunda 'Kadın olaydın da dışarı baktırmayaydın' dememiş miydi? Demek ki suç bendeydi. Bir an zihnimde uçuşup beni boğan tüm bu düşüncelerin saçmalığını fark ettim. Ne yani, eşim çirkinleşse, kilo alsa, hastalansa, hatta sakat kalsa ben onu aldatır mıydım? Tabii ki hayır!' İç sesim 'Ama o erkek...' diye savunmaya geçecekti ki adımlarımı hızlandırıp onu susturdum. Bu işten ne kadar çabuk kurtulursam o kadar iyiydi.

Mahkeme salonuna girdiğimde biraz şaşırmıştım. Filmlerdeki gibi büyük ahşap kürsünün azametle baş köşeye kurulduğu bir yer bekliyordum. Oysa küçük bir oda, küçük bir kürsü ve küçük davalı-davacı parmaklıkları vardı salonda. 'Küçük davalar için küçük odalar oluyor belli ki...' diye iç çektim. Hayatımı ateşe veren koca yangın, besbelli kanun önünde küçük bir meseleydi.

"Nedir meseleniz anlat bakalım kızım" dedi yaşlı hâkim babacan bir tavırla.

'Anlatayım hâkim bey, her şeyi anlatayım. Bu adam var ya –ay bak 'adam' dedim yanlışlıkla– bu pislik var ya Hâkim Bey! Ben yıllarımı verdim buna. Yedi yıldır evliyiz biz. On sekiz yaşındaydım evlendiğimizde, çocuktum çocuk! Yine de gık demedim. Hem çalıştım hem evi çekip çevirdim hem çocuğunu doğurdum, büyüttüm. Sonra ne oldu? Buldu bir kadın, çizdi tüm emeğimin üzerini, uçkurunun peşine düştü! Bir de 'yapmadım, aldatmadım' diyor! Peki kimdi o kadın? O konuşmalar, cilveleşmeler neyin nesiydi? Çalışanıymış öyle mi? Biz de inandık! Kulağımla duydum 'Hakan yapma biri görecek' falan diyordu orospu! Bir de kadınla konuş istersen, bana inanmıyorsan o sana aramızda bir şey olmadığını anlatsın diyor. Bozacının şahidi şıracı! Hâlime bak Hâkim Bey! Aynaya baktığımda kendimi tanıyamaz hâle geldim. Nefret ediyorum herkesten, her şeyden, Allah topunuzun belasını...' demek istedim, kelimeler boğazıma düğümlendi, sustum.

"Zeynep Çulhacı! Bir soru sordum, yere bakıp kaldın öyle. Anlatacak mısın? Neden boşanmak istiyorsun?" dedi hâkim.

"...Şiddetli geçimsizlik Hâkim Bey..." dedim.

"Peki sen, sen de boşanmak istiyor musun Hakan Çulhacı?"

"Hayır, Hâkim Bey. Ben karımı seviyorum. Zor bir süreçten geçiyoruz, o kadar. Bunu atlatacağımıza inanıyorum. Bunun için elimden geleni yapacağım..."

"Yaz kızım, Çulhacı çiftinin bir aile danışmanına yönlendirilmesine, davanın üç ay sonraya ertelenmesine..."

Yeni bir hayat kurmam gerektiğinin farkındaydım ve bunu ne kadar çabuk yaparsam o kadar iyi olacaktı. Ankara'da kalsam Hakan peşimi bırakmazdı, aile danışmanına gidelim diye tuttururdu. Oysa kimseye danışacak bir şeyim yoktu, zaten bence artık ortada bir aile de yoktu. Sadece kızgınlıklarım ve kırgınlıklarım vardı. Davanın üzerinden iki gün geçmiş olmasına karşın, şimdiden telefonum Hakan'ın sayısız cevapsız arama ve mesajlarıyla dolmuştu bile. Yok yok, artık orada kalamazdım. Bavulumu topladım, kızımı toparladım, işten ve okuldan izin alıp doğduğum topraklara, Bitlis'e doğru yola koyuldum. Arabayla gidebilirdim ama treni seçtim. Van Gölü Ekspresi'nin camından bakarken hızla değişen manzara, hayatımın film şeridi karelerini aşikâr etmeye başladı. Tatvan'da doğmuştum. Ailem çiftçiydi, buğdaycılık yaparlardı. Babaannemle birlikte oturduğumuz kerpiç evin avlusunda geçti çocukluğum. Babam ve dedem vefat etmişti. Babaannem ben küçükken felç geçirmiş, yatalak kalmıştı, annem bakardı ona. Amcamlar da tarlalarla ilgilenir, bize payımızı verirlerdi. En son yedi yıl önce gitmişim köye. Annem öldüğünden beri uğramamıştım köy evine. Veraset işleri için dahi avukata vekalet verip uzak durmayı seçmiştim. Evin duvarlarına sinen kimsesizlik kokusunu duymak istememiştim.

Her şeye baştan başlamak istediğim o günlerde, ayaklarım beni hayatımın başladığı köye götürüyordu yıllar sonra. Köyün toprak yolundan kerpiç eve doğru yürürken kendimi bir Hansel Gretel masalında gibi hissettim. Çocukluğumun bıraktığı ekmek parçalarını toplaya toplaya eski evin yolunu buldum, avlusundan içeri girdim. Hayatıma bu köyde devam eder miydim etmez miydim bilmiyordum. Bu niyetle gelmemiştim doğduğum eve. Aslında bir niyetim de yoktu. Yaşadıklarımdan uzaklaşmak istediğim bir dönemdeydim ve –ne hikmetse– ayaklarım beni buraya getirmişti. Onlara güvenirdim, ayaklarımın bir bildiği olsa gerekti. Eve girdim. Çekyatların üzerindeki beyaz çarşafları çektim birbiri ardına. Çarşafların üzerinden yere kırık dökük hatıralar döküldü.

Küçük bir bebek göründü hayal meyal. Yeni doğmuş olsa gerekti. Kahverengi çizgili krem rengi gömleğiyle babası belirdi hayalin içinde. Henüz otuz yaşındaydı ama yüzünde elli yıllık yorgunluk var gibiydi. Bebek Zeynep'i kucağına alıp doya doya öpmüştü. Sanki son öpüşü olduğunu biliyor gibi uzun süre bırakmamıştı kucağından. Hatta annesi 'Kahvaltıdan kalktın ama doymadın herhal' demişti gülerek. Babası da,'Bu datlu niyetine' deyivermişti. Sonra çıkmıştı evden. Akşama onu bekleyen yemek sofrasında, yerini acı haberi doldurmuştu. Babasından geriye kocaman bir boşluk ve bir gazete kupürü kalmıştı: '11 Haziran 1992: Bitlis'in Tatvan ilçesinde bir minibüsü durduran eli silahlı teröristler minibüsteki on üç kişiyi kurşuna dizdiler...'

Babamın acısı oturdu birden ciğerime. 'Ciğerim yandı' deyimini cayır cayır hissetim içimde. Yetimliğim boğazıma durdu. Sonra annemin hayali gezindi evin odalarında. Hayal meyal hatırladığım annem, bir hayalet kadar şeffaf ve soluktu. Benim boğazıma duran yetimlik, onun bahtına kara çalan dulluk olmuştu. Annemle babamı birlikte hiç görmemiştim. Birbirlerini nasıl severler, kızdıklarında nasıl didişirler, birbirlerine nasıl hitap eder nasıl sohbet ederler hiç bilememiştim. Babasız büyüyen kız çocuklarının eş seçerken babalarının boşluğunu dolduracak kadar kavvam, kucaklayıcı, güçlü erkeklere yöneldikleri bilgisi geldi aklıma. Hakan'ı düşündüm, öyleydi. İçimde sadece aşkla dolmayı bekleyen boşluğu doldurmamıştı, babasızlığın boynu bükük bıraktığı küçük kızın başını da okşamayı bilmişti. İçimi sıcacık yapan bu düşüncenin yerini birden eşimin ihaneti sardı. Buz gibi oldum. Kanepede uyuyakalmış kızımın üstünü örtüp sobayı yaktım.

Akşam olmuş, soba yakılmış, bir demlik ıhlamurun ve kaynayan güğümün çıkardığı tatlı tısırtı geceye yayılmaya başlamıştı. Gaz lambasından sızan ışık ay ışığına eşlik ediyor, incecik huzmeleri düşüncelerimin etrafında adeta dans ediyordu. 'İhanet' kelimesi bir kıymık gibi saplanmıştı zihnime. Beynimden kazıyıp atmaya uğraştığım görüntüler birer hayalet gibi gözümün önünde geziniyordu. Büyük bir marketimiz vardı. Eşim marketin üst katındaki asma odada hem çalışanları denetler hem muhasebe işlerini yönetirdi. O kara gün, öğle yemeği için sözleşmiştik. Hakan, yemek vaktine yakın arayıp mal sayımının bitmediğini, işlerinin geciktiğini, çok sıkıştığını, bir dakika bile marketten ayrılamayacağını söylemişti. Önce 'tamam' desem de o yoğunluk içinde yemeği atlamasına içim el vermedi. Onsuz boğazımdan tek lokma geçmezdi ki zaten. Bir piknik çantası hazırlayıp eşime sürpriz yapmak için marketin yolunu tuttum. Marketin depo kısmına yöneldim. Yarım aralık kapıya yaklaştığımda içeriden gelen sesleri duyarak kapıyı açmaktan vazgeçtim. Feride'ydi bu. Kasiyer kız! Kıkır kıkır gülüyor, 'Hakan yapma, biri gelecek şimdi…' diyordu. Başımdan aşağı kaynar sular döküldü, gözlerim karardı, başım dönmeye, midem bulanmaya başladı. Eve döndüm, ağladım, ağladım…

Eğer bir şeyi zihninizde tekrar tekrar canlandırırsanız bir süre sonra olayı, kişileri, mekânı, her şeyi dönüştürmeye başlar zihin. Ben de bunu yaşıyordum. Geceleyin eşyaların göze farklı görünmesi gibi gözümün görmediği bu anı binlerce farklı görüntüyle süsleniyor, binlerce farklı hâle bürünüyordu. Zihnim, Feride'yi gitgide daha güzel, daha kusursuz ve mükemmel imgeliyor, Hakan'ın ona aşk ve şehvetle bakan gözlerini her geçen gün daha da tutkuyla beziyordu. Feride'yi üst rafların tozunu alırken görüyordum hayalimde. Kocamın oturduğu sandalyeden onun ince beline ve uzun bacaklarına baktığı düşüncesi içime doluyordu. Hayal ettiğim bu düşünce sanki gerçekmiş gibi hınçla dolduruyordu içimi, dişlerimi sıkıyordum. Bazen de 'Kesin herkes çıktıktan sonra Hakan'ın odasında buluşup fingirdeşiyorlar. Utan utan! Bir de kızın var senin! Rezil herif!' diye feryat ediyordum içim dola dola. Allah için sevmek ve

Allah için buğz etmek düsturundaki buğz ediş böyle kişiler için emredilmiş olsa gerekti. Buğz ediyordum hem eşini aldatanlara hem buna alet olanlara.

Tüm bunları düşününce yüreğim buz gibi oldu. Karnımın acıktığını hissettim, diyeti falan boş verip mutfağa gittim ve kendime sandviç hazırladım.

Ertesi sabah uyandığımda içimde sebebini bilmediğim bir enerji vardı. Kızımı yedirip oyuna gönderdikten sonra, düşüncelerinden kaçmaya çalışan her kadın gibi dipli bucaklı temizliğe giriştim. Hıncımı bedenimden çıkarmaktansa halıdan, kanepeden çıkarmak daha iyi görünmüştü gözüme. Böylece yılların birikmiş tozu pisi de giderdi üzerimden. Halıları süpürüp sildim, kanepeleri, duvarları sildim, dolapların içinde kalan eşyaları çıkarmaya başladım. Babamın ceketi duruyordu baş köşede. Eş-dost anneme, 'Bütün eşyaları ver, hayrı hasenatı olsun' dediyse de eşi kokan bu ceketi vermeye gönlü razı olmamıştı annemin. Birkaç kez babamın ceketine sarılıp ağlarken görmüştüm onu. Ceketi aldım, kokladım, kokladım... Annemin birkaç parça kıyafeti asılıydı dolapta. Onlara dokundum özlemle. Dolabın zemininde, arasına naftalin konmuş bir iki kazak dürülüydü. Elimi kazaklara doğru uzattım. Kazaklardan birinin içinden ince bir bakkal defteri düştü yere. Açtım, okumaya başladım...

*'Ahmedim gideli beş gün oldu. Konuşcak kimse yok. İçerim kavruluyo. Üzüntüden sütüm gitti, bebem aç. Sürekli ağlıyo. Yetimliği hissetti zaar. Ah Ahmet'im, ah kara kaşlım, kara gözlüm nerdesin yiğidim?*

*'Ahmet'im gittikten sonra sığıntı gibi kaldık Zeynep'imle. Analığım, sürekli Ahmet gitti de iki boğaz yük bıraktı bize deyo. Lokmalarımı sayıyo. Sevdiğim gitmiş benim, iştah mı kalmış zaten. Bir lokma yersem ne âlâ. Sütüm gelmedi bi dağa, bebeme sarı kızın sütünü suya açıp veriyom. Ona bile laf ediyyo. El kadar bebe, bırakam da açlıktan ölsün mü?*

*'Hâlim yok ama yazmak istiyom. Kimsem yok, bi Zeynep'ime konuşuyom. Kaynatam öldü. O da gidince analığım iyice zalimleşti bize. Bir lokma ekmek iki kaşık çorba veriyo anca. Açım, Zeynep'im aç, çok açım…'*

Dehşete düştüm satırları okurken, hafızamı zorladım. Kendimi bildiğim yaşlara geldiğimde babaannem felçliydi, yatalaktı. Annem ona çiçek gibi bakardı. Yani öyle hatırlıyordum, kavga dövüş hatırlamıyordum hiç. Demek ki babaannem babamın ölümünden sonra çok çektirmişti anneme, aç bırakmıştı. Hiç bilmiyordum.

Bir hafta kaldım köy evimizde. Her gün sayfa sayfa açıldım, annemin satırlarında içimi açıp okudum. İnsan köklerini bulduğunda, köklerindeki gerçekle yüzleşip onu olduğu hâliyle kucakladığında büyüyormuş. Onu anladım.

Ankara'ya dönüşümün ertesi haftası sözleştik Hakan'la. Kızımız doğmadan önce sürekli geldiğimiz çay bahçesinde buluştuk. Kuğulu Park'a bakan bir çay bahçesiydi, çok severdik bu manzarayı. Kırgındım ama öfkem biraz dinmiş gibiydi. En azından konuşabilecek kadar sakinleşmiştim. Boşanacaksak adam gibi olsun istiyordum, sonuçta bir kızımız vardı. Karıkocalıktan ayrılınsa da ana babalıktan boşanılmazdı. Hakan, elinde sarı lalelerle geldi. Ah Hakan! Nasıl da biliyorsun içimi acıtmayı! Beni sevdiğim şeyle nasıl da öldürüyorsun!

"Teşekkür ederim aradığın için," dedi. "Kaç haftadır sana, kızımıza ulaşmaya çalışıyorum. Evde yoktun, işten de izin almışsın. Çok merak ettim seni," diye ekledi.

"Bitlis'teydim," dedim.

"Bitlis mi," diye sordu şaşkınlıkla.

"Doğduğum eve gittim," dedim. "Aslında hemen dönmeyecektim ama..."

Bitlis'te yaşadıklarımı anlatmak istiyordum Hakan'a çünkü eşim olmaktan öte en yakın arkadaşımdı o. Birbirimize her şeyi anlatırdık. Bazı geceler sabaha kadar oturur, iki sırdaş gibi demliklerce çayı sohbetimize katık ederdik. Bu yüzden Hakan'ın yaptığını bir türlü affedemiyordum. O sadece eşine değil, dostuna, sırdaşına, yoldaşına da ihanet etmişti. İçimde yer etmiş bunca kırgınlık bir tarafta dururken, diğer taraftan dertleşmeye çok ihtiyacım vardı. O günü anlatmak istiyordum.

'Annem neler yaşamış babamın ölümünden sonra. Babaannem yeri gelmiş günlerce aç bırakmış onu. Sütü kesilmiş gıdasızlıktan, üzüntüden, kederden. Gecelerce açlıktan ağlamışız. Bazı günler olmuş karnına taş bağlamış, açlığını bastırmak için. Köy evinde günlüğünü buldum, oraya yazmış her şeyi, günlerce, gecelerce yazmış. Sabaha kadar ağlaya ağlaya okudum. Bakkallarda veresiye defteri olur ya hani, alacaklarını yazar bakkal oraya. Annem de alacaklarını yazar gibi yazmış yaşadıklarını. Bana hiç anlatmamıştı, biliyor musun?

Babaannem felçliydi, konuşamaz, yürüyemezdi zaten. Hiç hatırlamıyorum annemle ilişkisini. Sonra, günlüğü okuduktan sonra fark ettim, ben içimdeki küçük bebeği doyurmaya çalışıyorum bir yıldır Hakan. Yirmi beş yaşındayım, babam öldüğünde annem yirmi beş yaşındaymış. Annemin aç kaldığı, beraberce açlıktan ağladığımız yaştayım şimdi. Ne yaptım biliyor musun? Okudum, ağladım, hıçkıra hıçkıra ağladım. Annemin acısına, içimdeki açlıktan öleceğini düşünen bebeğin acısına ağladım. Sonra kalktım ve mükemmel bir sofra kurdum. Annemin en sevdiği yemekleri pişirdim Hakan. Dolaptan annemin şalvarını alıp geçirdim üzerime. Kızımla oturduk sofraya, bir güzel karnımızı doyurduk. Doyduğumu hissetmek için yavaş yavaş çiğnedim lokmaları. Kızımız sofradan kalkarken 'Afiyet olsun anne' dedi. Sonra ben tekrar ettim, 'Afiyet olsun anne. Afiyet olsun Zeynep. Afiyet olsun küçük bebek... Aylardır ilk defa gerçekten doyduğumu hissettim Hakan. Çok tuhaf bir duyguydu bu,' demek istiyordum ama kırgındım, yapamadım, sustum.

Bu sırada Hakan cebinden bir fotoğraf çıkardı. "Buna bakmanı istiyorum," dedi. Fotoğrafta kasiyer Feride ile bir erkeğin, ucundan kırmızı kurdele sarkan nişan yüzüklerini gösterdikleri bir poz vardı. Bu ne, der gibi baktım yüzüne.

"Feride ile Hakan," dedi. "Nişanlandılar. Uzun süredir beraberdiler. Sen ne duydun ne gördün bilmiyorum ama bak kız nişanlı. Sevdiği biri var. Lütfen Zeynep, lütfen..." dedi eli bırakılınca yolunu kaybetmiş çocuk gibi yalnızlıktan üşüyen ellerimi avuçlarına alıp ısıtarak.

O an düşündüm. Aslında hiçbir şey görmemiştim. Feride'nin 'Hakan yapma biri görecek...' dediğini duymuş, Hakan'ı eşim zannetmiştim. Eşime baktım. Gülümseyerek fotoğrafı kenara koydum ve garsona gelmesini işaret ettim:

"Bize bir demlik çay getirir misiniz? Konuşacak çok şeyimiz var, anca yeter..." dedim.

O hafta sonu aile danışmanından çıktıktan sonra Hakan'la diyetisyen randevusuna gittik. Tartıya çıktım. Beş kilo vermiştim...

# gelincik çiçeği

İki ayağı bir pabuca girmişti Hamiyet Hanım'ın. Oğlu Azerbaycan'a üniversite okumaya gideli daha üç yıl olmuştu ki, 'Anne ben evlenmeye karar verdim. Sana gelinini getireceğim,' diye etekleri zil çalan bir telefon almıştı ondan. 'Yavrum yaşınız genç, ne aceleniz var,' dediyse de dinletememişti kanı deli Mehmet'e. 'İyi, hele bi yaz oluversin de gelinimi alır geliverirsin,' demişti. Ama Mehmet bu! Durduğu yerde durmamıştı yine. Daha yaz tatili olmadan, hatta sömestr tatilini bile beklemeden, tuttuğu gibi sevdiğini memlekete doğru yola koyulmuştu.

"İki ayağımı bir pabuca sokuverdi bu haylaz oğlan," dedi, Hamiyet Hanım eşi Kâmil Efendi'ye. "Netcez Kâmil Efendi? Kız Azeri imiş bir de. Biz bilemeyiz ki onların ananesi âdeti nedir? Nasıl olcek bu iş? Bu çocuklar daha okuyorlar? Netcez bilemiyom ben?"

Kâmil Efendi vakur bir adamdı. İlçelerine günün erken saatinde taze ekmek kokusu yaymak ona yazılmıştı. Babadan fırıncıydı. Sabaha karşı dördü bulmaz kepenk kaldırır, ahali hanelerine çekilip akşam sofrasında onun ekmeğini yemeğe katık etmeden evine dönmezdi. Çalışkan adamdı, hak hukuk gözetir, Allah'tan korkardı. Hani mümkün olsa da Google'a 'Adam gibi adam' yazsak Kâmil Efendi'nin fotoğrafı çıkabilecek kadar adamdı. Bu doğruluk hayat telaşını söküp almıştı, iliklerinden hücrelerine tevekkel bir sükûnet işlemişti. Yine alışılagelmiş sükûnetiyle, okuduğu gazetenin kenarını eğip burnunun ucuna düşmüş gözlüğünün ardından eşine baktı: "Her şey halloluverir tasa etme sen..."

Mehmet'le Rehile Bakü'den İzmir'e inip oradan otobüsle Manisa'ya ulaştıklarında gece yarısı olmak üzereydi. Hamiyet Hanım "Hoş geliverdiniz balalarım," deyip kucakladı oğlunu ve müstakbel gelinini. Mehmet, elindeki valizleri sofanın kenarına bırakıp sedirde oturan babasının yanına vardı. "Öpeyim baba," dedi özlemle. Baba oğul gözleri yıldız yıldız bakıştılar bir an. Mahcup bir ifadeyle tebessüm eden Rehile'yi yanına aldı Mehmet. "Tanıştırayım baba, Rehile..." dedi. Rehile'nin elinde kılıfının içinde duran bir saz vardı. Sazı kenara bıraktı, Kâmil Efendi'nin elini öptü.

"Sizinle tanış olmaktan memnunam," dedi Rehile. Kâmil Efendi her zamanki müşfik ses tonuyla yanıtladı müstakbel gelinini, "Berhudar ol kızım," dedi. Dışı gibi içi de tez Hamiyet Hanım ise bu sırada küçük oğlunun odasına, yengesi için yatak açmıştı bile. "Gel kızanım," dedi, "uzun yoldan geldiniz. İstersen dinlen biraz, yarın nasılsa konuşur hâlleşiriz. Sabah ola hayrola."

Rehile odaya girdiğinde kendisi için hazırlanmış yatağa gülümseyerek baktı. Bir yandan odayı saran hafif naftalin kokusunu içine çekiyor, diğer yandan kenarları oyalanmış çarşafı ve yastığı muhabbet dolu gözlerle izliyordu. Ne kadar da özenmişlerdi müstakbel gelinleri için. Ardı sıra odaya giren Hamiyet Hanım, gelininin arkasında konuşlandı. Rehile yataktaki oyalara bakar hâlde, "Hamiyet ana, ne gözel çarpayıdır bu bele," dedi. "Oyaları mı dersin güzel kızıım," diye cevap verdi, Hamiyet Hanım. "Bizim burada analı kızlı işi derler buna. Ana ile kız birbirine sarılmış gibi gözüküyor bak hele. Bir gün gelinim olur da ona sererim niyetiyle işlemiştim, sana nasipmiş," dedi. Ana kız birbirlerine bakıp gülümsediler, sonra sıkıca sarıldılar. Bu hâlleriyle beyaz bir çarşafa işlenmiş oya kadar güzel olmuşlardı.

Hamiyet Hanım Rehile'yi odada bırakıp salona geçti. Mehmet ile babası sedirde oturmuş sohbet ediyorlardı. "Eee, anlat bakalım haylaz oğlan," dedi, Hamiyet Hanım gülümseyerek, "kimdir, kimlerdendir hanım kızımız? Az tanış et bize hele".

"Dur hanım," diye araya girdi Kâmil Efendi. "Çocuğun gözleri kapanıyor, çok yorgun belli. Bırak dinlensin, yarın konuşuruz nasılsa."

"İyi bakalım," dedi Hamiyet Hanım. "Öyle oluversin. Hadi madem geçelim yatağa, sabah ola hayrola."

Sabahın erkeninde besmeleyle yataktan doğruldu Kâmil Efendi. Abdest aldı, iki rekât teheccüt namazı kılıp üzerini giydi. Ömrünün neredeyse her günü kâinat bile uyanmadan işinin başına geçtiğinden olacak, rızkı gibi imanı da nazarı da bereketliydi. Ev halkını uyandırmamak için usul adımlarla salondan sofaya doğru süzülecekti ki, sedirde sazına sarılmış oturan Rehile'yi gördü. "Uyku mu tutmadı kızım?" diye sordu babacan bir tavırla. "Hayır tutamadı, men sazım ile meşgul idim," dedi Rehile sazını göstererek. "Saz çalmayı çok mu seversin?" diye sordu Kâmil Efendi. "Oynamak, dinlemek, kucaklamak, danışmak hepisini sevirem," dedi Rehile içini çekerek.

Kâmil Efendi bilirdi ki saz en çok derdi söylerdi. Derdi olan sazı sever, saz dertten anladığı için sazendeler en çok sazıyla dertleşirdi. Acaba ne derdi var kızcağızın, diye düşündü Kâmil Efendi. Derdine ortak bir baba şefkatiyle saz tutan elini sıvazladı ve ekmek teknesinin yolunu tuttu.

Gün çoktan aymış, ev halkı tam tekmil uyanıp günü karşılamıştı. Hamiyet Hanım evdeki bu tatlı misafir için döktürüyordu mutfakta. Her zaman, 'Kahvaltı önemlidir,' derdi. Ömrü boyunca misafirine hazırlanır gibi hazırlamıştı kahvaltı sofralarını. 'Ne uğraşıyon bunca sofraya, misafir mi geliverecek' diyenlere, 'Bizden âlâ misafir mi olur,' der, cümlenin noktasını şen kahkahasıyla koyardı. Ama bu seferki sofra farklıydı. Genç kızlığından beri kız çocuklarını çok severdi Hamiyet Hanım. Evlenince de yüreğindeki analık ateşi bir kız evlatla harlansın istemişti. Rabbi de vermişti vermesine ama ömrünü de kısa etmişti. Dört yaşına gelmeden melek olup uçmuştu Nergis çiçeği. Güzel kokusu cennet çiçeklerine karışmıştı. Nergis'in ardından Allah üç erkek evlat nasip etti Hamiyet Hanım'la Kâmil Efendi'ye. Büyük oğlu üniversiteyi evvelsi yıl bitirmiş, okulunu okuduğu İzmir'de işe girmiş, ekmeğinin peşine düşmüştü. Annesi ne kadar, 'Oğlum everelim seni artık, işin gücün var, ne bekliyon,' dese de 'Daha var o işlere anacığım,' der konuyu kestirmeden kapatırdı. Kardeşi Mehmet, ağabeyinden önce davranmıştı. İşte bu yüzden başka özeniyordu sofraya Hamiyet Hanım. Bu sofra ilk gelininin sofrasıydı. Allah kızını, Nergis çiçeğini almıştı belki ama yıllar sonra ona bir gelin kız, bir 'gelincik çiçeği' göndermişti.

Maaile sofraya oturdular. Kâmil Efendi, fırını çalışanına emanet eder her gün gelirdi kahvaltıya. Ailenin babası 'Hadi buyurun afiyet şifa olsun,' dedikten sonra yemeğe başlarlardı, öyle yaptılar. "Yenge, Rehile ne demek" diye sordu Mehmet'in kardeşi Faruk. "Aziz Allah bendesi, yani hmm Türkce nice deyim, Allah'ın sevimli kulu," dedi Rehile gülümseyerek. "Adımı anam koydu."

"Sahi kızım, ailenin haberi vardır değil mi? Onları da tanımak isteriz," diye söze karıştı Hamiyet Hanım. Rehile tam cevap verecekti ki, Mehmet araya girdi. "Size söylememiştim anne," dedi, "Rehile'nin annesi ve babası vefat etmiş. Ablaları dışında kimi kimsesi yok." Kâmil Efendi sazendenin derdini anlamış bir dert ortağı gibi elini Rehile'nin omzuna koydu. "Ablalarından gayrı biz de varız kızım. İnşallah biz de senin aileniz bundan sonra," dedi sanki diliyle değil kalbiyle konuşarak. Eski dilde 'dil' kelimesinin 'gönül' anlamına gelmesi belki de bu yüzdendi. Bazı diller sanki sadece dil değil gönüldü de...

Günün ahiri olmuş, sokakta el ayak birer birer çekilmeye başlamıştı. Eski evin önündeki geniş verandada Kâmil Efendi, Mehmet, Rehile oturmuş akşamın geceye devir teslimini seyre dalmışlardı. Hamiyet Hanım'ın getirdiği köpüklü kahveleri görünce, herkes sarındığı yün şalları düzeltip âna geri döndü. "Ne güzel bir akşam değil mi," dedi Mehmet müstakbel eşinin gözlerine bakarak. Rehile gülümseyerek karşılık verdi. Hamiyet Hanım "Akşamı bir saz dinletisi güzelleştirebilir bence, he mi kızım" dedi muzip bir tebessümle. Rehile, "Bele, Hamiyet Ana," dedi. Kalktı, sazını getirdi. En sevdiği türküyü çalmaya başladı:

"Pek çocukken yere gömdüler seni
Hayata kanatsız attılar beni
Bak nasıl bozuldu ömrüm düzeni
Sensiz hayat bana zindandır ana

"Koynunda saklıdır güzel dilekler
Layıktır secdeye sana meleklere
Neredesin gözlerim hep seni bekler
Bak evladın sensiz giryandır ana

"Sen bir güneş idin doğdun da battın
Yazık evladını gamlara attın
Söyle bana hangi arzuna çattın
Topraklarda nice zamandır ana

"Bir ah çeksem sensiz kopmaz mı tufan
Ömrümü veririm yolunda kurban
Yumuk gözlerini aç da bir uyan
Şimdi zaman başka zamandır ana

"Şimdi ne hâldesin bilmek isterim
Dertlerimi senle bölmek isterim
Seni görmek için ölmek isterim
Tesellim ah ile figandır ana..."

Türkü sustu, Rehile sustu. Sanki tüm gece, Rehile'nin suskunluğu bozmasını bekler gibi sessizliğe gömülmüştü. Öyle de oldu, suskunluğu Rehile bozdu. "Hamiyet Ana," dedi, "Sazımı anamla atamla tanış olasınız diye getirmişem. Hani sofra başında menden anam atam hakkında soruşmuştun ya, istersen, seni onlarla tanış etmek isterem," dedi usulca. Hamiyet Hanım ile Kâmil Efendi merakla Rehile'ye yöneldiler. Mehmet rica eder bir tonda, "Rehile, yapma! Üzüleceksin," dedi. Rehile, Mehmet'e eliyle 'dur' der gibi işaret edip anlatmaya başladı.

Rehile'nin anne babası evlenmeden önce Karabağ'ın ayrı köylerinde yaşarlarmış. Bir vesileyle tanışmışlar, sevmişler birbirlerini ve evlenip iş tutmak için Bakû'ye yerleşmişler. Rehile altı kardeşin en küçüğü olarak Bakû'de dünyaya gelmiş. Lakin daha dünyaya savaş bombalarının yakıcı ateşi düşmüş hanelerinin mutlu yüzüne. Karabağ Savaşı başlamış. Rehile babaannesini, dedesini, amcalarını, halasını ve daha birçok akrabasını Hocalı Katliamı'nda kaybetmiş. Daha dünyaya gelmeden savaş şehitlerinin torunu olmak yazılmış bahtına. Babası haberi duyduğunda onları diri bulurum umuduyla yollara düşmüş. Canparesi ana babasının, kimi daha çocuk yaştaki kardeşlerinin, ablalarının delik deşik bedenlerini görünce kahrolmuş. Evine, ailesinin başına dönmüş dönmesine ama eski sağlıklı, neşeli hâlini Hocalı'daki mezarlara gömmüş de dönmüş. On yıl sürmüş bu tatsız tuzsuz, durgun, suskun hâl. Bir türlü geçmemiş gözünün önünden o kanlı tablo, acısı dinmemiş. İlk başlarda ölümdür, acıdır, kederdir, yastır diye herkes hâlini normal karşılamış da yıllar yılları bulunca, 'Bu adama üç harfliler tebelleş olmuş,' deyip bir hocaya götürmüşler. Hoca bir şeyler yazmış, okumuş, suya koyup içirmiş.

Sonra da, 'Bu adam babalığını hatırlarsa düzelir. Ölünün acısını diri dindirir. Bir bebek yapın,' reçetesini yazıp yollamış Rehile'nin anne babasını. İşte Rehile de bu reçetenin sonucu olarak dünyaya gelmiş. Ama babası hiç düzelememiş, kızının doğduğuna dahi sevinememiş. En sonunda, 'Yaşayan ölü gibi hayatta olacağıma anam atam gibi toprağın altında huzur bulayım,' deyip canına kıymış. Rehile'nin annesi on yıldır çektiği savaş, soykırım, hastalık, depresyon acılarının üzerine bir de eşinin bu acısını eklemiş. Eklemiş eklemiş de acısı çok, içinde tutamaz. Kocası gibi kıysa canına, biri bebek ardında altı evladı babasız kaldıkları bir de anasız mı kalacak! Konuşacak, derdini paylaşacak kimi kimsesi de yok. Başlamış çocukları beleyince bahçedeki dut ağacına yaslanıp derdini dökmeye, ağlaya ağlaya acısını paylaşmaya... Yıllar boyu dut ağacı dert yoldaşı, eşi, dostu, sırdaşı olmuş. Acısı da konuşa konuşa, anlata anlata, ağlaya ağlaya kordan köz olmuş, küllenmeye durmuş.

"İşte," dedi Rehile, "anam dünyasını deyişende onu o dut ağacının altına gömdük. Sonra bir gün böyük bir tufan kopdu. Dut ağacı yıkılıp uçup getdi. Biz altı gardaş bu sazı o dut ağacının gövdesinden etdik. En küçüğü menem, anamı en az men görmüşem diye gardaşlarım sazı mene verdi. Şimdi saz söyler, anam söyler. Saz ağlar, anam ağlar. Saz susar, anam susar yanı başımda... Bilir misiniz," dedi Rehile, "anam öldüğünde elli beş yaşında idi. Dut ağacı kırılıp öldüğünde biz onun gövdesindeki halkaları saydık. O da anam kimi elli beş yaşında öldü. Bilmirem, anam öldüğü için mi onun kökleri topraktan gitti, yoksa anam onun ölümünü hissedip de mi hasta düştü, bilemirem. Amma iki dost, iki sırdaş birlikte yaşayıp birlikte dünyadan göçtüler."

Kâmil Efendi yaşlı gözlerle sazı almak için Rehile'ye doğru uzandı. "Verir misin kızım," dedi, titrek bir sesle. Sazı eline aldı, tellerine şefkatle dokunup kulağına doğru fısıldadı: "Merak etme dünürüm, kızın bize emanet..."

O yaz Mehmet ile Rehile dünya evine girdiler. Sonra da karıkoca olarak Bakû'ye döndüler. Beraber okuyacak, beraber büyüyecek, içlerindeki sevda ateşini beraber büyütecek, birbirlerini aile bileceklerdi.

Düğün günü Hamiyet Hanım Rehile'ye sıkıca sarıldı, gözlerinin içine bakıp sevgiyle fısıldadı: "Hoş geldin gelincik çiçeğim, ailemize hoş geldin..."

# suskunlar evi

Sonunda yapmış. Sonra çıkıp bana gelmiş hemen. Kahveye katık edilecek bir konu muydu önce emin olamadım ama konunun kırk yıllık bir hatırı olmasa da kırk yıllık bir hatırası olduğunu düşünüp, "Dur hemen anlatmaya başlama, önce bir kahve yapayım," dedim. Normalde sade içer, bu defa şekerli istedi. Belli ki içi daha da acımıştı. İçinin acısını dilinin tadıyla bastırmak ister gibiydi. Ağzı daha da tatlansın diye kahvenin yanına çikolata koydum.

"Yine pazartesi. Ne tuhaf değil mi? İnsan aynı gün iki kere doğar mı?" dedi yüzünde anlamını çıkaramadığım, keder mi, kırık dökük bir mutluluk mu seçemediğim bir tebessümle. Sonra kahvesinden bir yudum aldı. Ağzının hareketlerinden telveleri önce dilinde, sonra damağında gezdirdiği anlaşılıyordu. Ağzı tatlanmış olsa gerek, gülümseyerek devam etti: "İyi ki bu kararı vermişim. İnan olsun rahatladım. Hiç gözlerimi kaçırmadan, ne hissediyorsam çatır çatır söyledim. Cevap veremedi tabii, öyle sessizce dinledi ama olsun. Cevap aramıyordum ki zaten. İçimdekileri akıtsam yeterdi. Akıttım, geçti."

Kahvesinden aldığı ikinci yudum daha büyüktü. Canını acıtan cümleler kuracaktı belli ki. Bense sadece susuyordum. Susmanın acıya en etkili yoldaş olduğunu babam ölünce öğrenmiştim. Henüz on altı yaşındaydım babamı kaybettiğimde. Annemle yan yana günlerce susmuştuk. Gözyaşlarımız, babamın kapı önünde duran, kapıdan girdiği an hemen giyebilsin diye burnu içeri doğru bakan yünlü terlikleri, annemin kırk yıllık el emeği dantel fiskos örtüsünün üzerinde kalmış kalın çerçeveli yakın gözlüğü, her pazar dünyanın en önemli işi ciddiyetiyle çözdüğü ama ömrü vefa etmediği için o pazar masa üstünde yarım kalan bulmacası babamın yokluğunun acısını yeterince haykırıyordu. Duvarlar konuşuyordu, her akşam âdeti üzere kahve içmek için oturduğu berjer koltuk konuşuyordu, masaya babam için koyduğumuz boş kalmış tabak konuşuyordu, gözlük, gazete, terlik konuşuyordu... Evde bu kadar çok acı ses varken bizim konuşmamıza zaten gerek kalmamıştı. Üstelik sardunyaya dadanan yaprak bitini bile ilaçlamaya kıyamayacak kadar kalbi sevgi pompalayan bir adamın ölüm nedeni, kalp damarlarının tıkalı olması ise bunun ardından ne denilebilirdi ki? Biz de annemle susarak birbirimize yoldaş olmuştuk. Acının ağırlığını taşıyacak kadar güçlü kelimeleriniz olmadığında susmak yapılabilecek en ehven şeydi, beraber öğrenmiştik.

"Zaten hep sessizdi böyle," diye devam etti anlatmaya: "En zalimce eziyetlerden biri budur biliyor musun? Seninle hiç konuşulmaması, hiç gerçekten nasıl olduğunun sorulmaması, konuşmaya çalıştığında dinliyormuş gibi yapılıp aslında hiç kulak verilmemesi... Evet evet, çok zalimce bir şey bu! Çünkü dıştan bakınca görünmüyor yaran, anlıyor musun? Tokat yok, kavga yok, dayak yok...Ama sevgi de yok. Sen bile fark edemiyorsun sorunun ne olduğunu. Bu kadın beni dövüyor mu? Yok. Sövüyor mu? Yok. Hakaret mi ediyor, küfür mü ediyor? Yok! Eee o zaman derdin ne senin, diye kızıyorsun kendi kendine. Doyumsuzlukla suçluyorsun kendini. Ah, nasıl bir suçluluk duygusu sarıyor içini anlatamam. Soba isini bilir misin? Hani yapışır kalır ya duvarlara, sil sil geri kusar, kokusu çıkmaz uzun zaman. İşte öyle siniyor suçluluk duygusu hücrelerine. Adeta DNA'na işliyor. 'Kötü evladım ben' diyorsun. Çünkü sana kötü bir muamelede bulunulmaması yeter sanıyorsun; fiziksel herhangi bir şiddet yok ya acı da yok zannediyorsun. Oysa iyi bir muamele de yok anılarında. Bir anne hiç çocuğunun saçını sevgiyle taramaz mı yaa, kucağına alıp sıkıca sarmaz mı, yatağına yatırdığında uyduruktan da olsa bir masal anlatmaz mı?"

İnsan beyni ne tuhaf. Kendi düşüncelerin hakkında düşünce üretebiliyor, hatta kendini düşünürken yakalayıp bir şeyler düşündüğünü fark ettiğini düşünebiliyorsun. Ayşe'yi dinlerken ben de düşüncelerimi fark ettiğimi düşünüp, göç mola eden balıkçılar gibi ağlarımı zihnimin kara sularına salıverdim. Ne tuhaftır ki ağıma hep kendi kederlerim takıldı. Ayşe'nin boğazına düğüm düğüm oturan annesizlik belli ki bana babasızlığımı hatırlatıyordu. Tek fark vardı, benim babam ölmüştü, Ayşe ise var olan annesinin öksüz bıraktığı bahtına ağlıyordu. Bir an hangisi daha kötü diye düşündüm. Aklıma, okuduğum bir yazı geldi. Allah'tan gelen –ölüm, deprem, sel gibi– acılar daha kolay kabul edilirken insan eliyle yapılan şeyleri kabullenmek hayli zordur, diyordu yazıda. 'Deprem olduğuna değil, depreme dayanıklı bina yapmayan müteahhite kızarız' örneğini veriyordu. İnsan yaratıcısıyla savaşmaya programlı değildi zaar, kabullenemediği şey kullarından bile isteye gelen yaralarıydı. Babamın yokluğuna alışmamız zor olmuştu ama tam da bu nedenle daha öldüğü gün gidişini kabullenmiştik çünkü ikisi farklı şeylerdi.

Yokluğuna alışmak demek, o hayattayken beraber yaptığınız şeyleri artık tek başınıza ya da en azından onsuz yapmaya alışmak demekti. On altı yaşında bir genç kız olan benim için bu, babasız pazar kahvaltıları, babasız piknikler; gece uyumadan önce üstünün örtüleceğini ve kapının kilitleneceğini bilmek gibi şeylerdi. Yaşım ilerledikçe de babasız kız istemenin, babasız düğünün, baba elini öpemeden yuvadan uçmanın, ilk çocuğumun 'dede' dediğini hiç duyamamanın içimi yakan acılarıydı. Annem içinse en üst raftaki salata tabağına ulaşmak, kavanozların kapağını açmak, evin erzak alışverişine çıkmak, faturaları ödemek, maaşı eline alıp gider taksimi yapmak gibi tek başına yapılacak daha bir sürü şey, babamın yokluğunu her gün hissettirecekti. Bu kısımlar, alışılması zor olanlardı. Gidişini kabullenebilmek ise artık yaşamadığını, yani artık bir şeyleri başa saramayacağınızı, telafi edemeyeceğinizi, 'keşke şunu yapsaydık, birbirimize şunu deseydik' cümlelerinizin artık gerçekleşemeyeceğini bilmek demekti. Eğer dolu dolu bir ilişki yaşadıysanız, ölenin gidişini kolay kabulleniyordunuz, ardında 'keşke' olmayan yılların hesabı hızlı kapanıyordu. Babamın ölümünü bu yüzden hızlı kabullenmiştik. Yokluğunda bizi ısıtacak bolca anımız, kulağımıza onun sesinden fısıldayacak sevgi sözcükleri, yüreğimizi o yokken de kucaklayacak sarılmalarımız vardı. Belki de bu yüzden, baba yokluğunun bana verdiği acı, anne yokluğunun Ayşe'ye verdiği acı kadar derin değildi. Yokun yokluğunu kabul etmek, varın yokluğunu kabul etmekten daha kolaydı.

Tüm bu anlık düşünceler içinde, zihnimde de olsa, en yakın arkadaşımla acılarımızı yarıştırdığımı fark edip mahcup oldum. İçime öyle bir utanç yayıldı ki, düşüncelerim o utancın içinde eriyip gitti. Ayşe anlatmaya devam etti, "Hepsini anlattım," dedi. "Bu defa hiç gözümü kaçırmadım, o da kaçıramadı. 'Anne, dedim, anne... Bu kelimeyi söyleyince neden içim acıyor anne? Neden bayramlık hazırlanmış çocuk sevinci uyanmıyor içimde? Neden şu iki hece taş olup boğazıma duruyor, neden yutkunuyorum, nedir bu boğazımdaki doluluk hissi,' dedim.

"Yıllar önce teşebbüs etmiştim konuşmaya, gençtim daha, biliyorsun. Üniversitenin ilk yılında yurttan eve döndüğüm ara tatildeydi. 'Seninle konuşmak istediğim şeyler var' dediğimde bulaşıkları yıkamaya devam etmişti. Hiçbir şey demeden, konuşmadan, beni duymamış gibi öylece yaptığı şeyi yapmaya devam etmişti. Duymadığını düşünüp 'Anneee!' diye sertçe seslenmiştim ona. Bana dönüp 'işim var' demişti sadece ve önüne dönmüştü. Ne konuşmak istediğimi dahi merak etmemişti. Kendimi şeffaf hissetmiştim. Bir daha tatillerde eve dönmedim. O da hiç 'dön' demedi. Çocukluğumun özeti işte bu, Melek. İlkokula başladığım gün tek ağlamayan çocuk bendim biliyor musun? Çünkü annem beni sakinleştirmezdi, öğrenmiştim bunu. Yaşam enerjisi yok gibiydi. Ara sıra, konuştuğu, güldüğü, bir şey için gözünde heyecan kıpırtısı belirdiği o nadir zamanlarda ağzından çıkan heceler tonlarca kilo ağırlığında sanırdım. Yıllar boyu ağladığımda sustu, güldüğümde sustu, genç kız olup üstüme beğendiğim bir elbise giydiğimde ve annemin gözünde kendimi beğenme ışıltısı aradığımda sustu, üniversiteyi kazandığımda, sınıfta kaldığımda, evlendiğimde, anne olduğumda bile hep sustu. Komşu teyze ne derse, yabancı bir insan beni nasıl tebrik eder, nasıl sevgisini gösterebilirse o kadar konuştu ve bunu kâfi buldu. Evet evet Melek, çocukluğumun, gençliğimin özeti tam da bu: Annem beni yıllar boyu susarak dövdü," dedi yutkunarak.

Ağırlık enteresan bir kavram. Demirin, çeliğin, betonun ağırlığını bir tartıya koyarak kolayca bulabilirsiniz ama acının kaç kilo geldiğini tartacak bir terazi yok elimizde. Ayşe'nin yükü Ayşe'ye ağırdı. Teraziye koysak kantarın topuzunu kaçıracak yükler vardı sırtında. Onu tanıdım tanıyalı bilirdim bunu, anlatmasa da bilirdim. Bir farklı yutkunur, derin susar, buğulu bakardı. Ama bugün, anlattığı şeylerin ağırlığına rağmen üzerinden kırk ömürlük yük gitmiş, ipini elimizden kaçırsak havalanıverecek uçan balon gibi yüreğindeki kanatlar sanki geri gelmişti.

"Her şey kitapçıya gittiğim o gün başladı," dedi. "İki hafta önceydi. Lâl doğduğundan beri ebeveynlik konularına ilgim arttı, biliyorsun. Kitaplara bakıyorum tek tek, inceliyorum. Yine kitapları incelerken bir kitap geldi elime. İsmi mıh gibi oturdu yüreğime, alevden kor oldu, içimi dağladı sanki. Kitabın adı, '***Bağırmayan Anneler***'. Hızla kitabı bırakıp koşar adım çıktım kitapçıdan. Şimdi diyeceksin, ne olmuş, neye üzüldün bu kadar? Kitabı elime aldığımda şunu fark ettim. Ben isterdim Melek, annem bana bağırsın, çağırsın, kızsın isterdim! İnsan bir annenin çocuğuna söylenmesine, kızmasına, çıkışmasına özenir mi? Ben küçükken özenirdim biliyor musun? Sokakta çocuklarla oynarken bazen denk gelirdim öyle. Annesi eve çağırırdı çocuğunu camdan bağırarak, çocuk duymazsa ya da oyuna dalıp geç cevap verirse annesi cama çıkıp söylenirdi 'E-lif! Gel demedim mi sana! Çabuk yukarı!' falan derdi mesela. İçim giderdi. Çağırılmak, evde istenmek, yemeğe beklenmek, gelmediğimde kızılmak isterdi içim. Eve nasıl attım kendimi inan bilmiyorum. Hıçkırıklarla ağlamaya başladım. O an fark ettim, beş yıldır ilk defa annemi düşünüp ağlıyorum. Sonra da bunun için ağladım. Beş yıldır görmediğim anneme ilk kez ağlayabildiğim için ağladım..."

Ayşe'nin annesi, Makbule teyze, sessiz bir kadındı. Hani içine dönük, içinden konuşan, içinden gülen, içinden üzülen insanlar vardır ya, işte onlardandı. Hayatım boyunca bazı insanlar tanımıştım, yaşayacak kadar yemek yerlerdi. Makbule teyze de yaşamasına yetecek kadar konuşurdu. Belki huydu, belki yaratılışı böyleydi, belki hastaydı, bilmiyorum. Eşi Selim amca da tam tersi; nasıl konuşkan, nasıl hoş sohbet bir adamcağızmış... Makbule teyzeye ara ara takılır, 'Yahu, sessiz film gibi kadınsın, 'Görüntü var ses yok!' dermiş, annemler anlatırdı.

Gencecik ölüvermiş bir iş kazasında. Ayşe daha bir yaşındaymış. İki küçük heceyi birbirine ekleyip yeni yeni ba-ba derken, yetimliği tatmış. Zaten suskun olan Makbule teyze bu olaydan sonra daha da susmuş, içine kapanmış. Kardeşi falan yok, ilk çocukmuş Ayşe, kalıvermişler ana kız bir başlarına. Evlerimiz altlı üstlüydü Makbule teyzelerle. Hatırlıyorum, küçükken Ayşelere gittiğimde içime bir korku oturur, kasvetli bir his çökerdi. Evlerinde televizyon, radyo falan da yoktu. Çıt çıkmazdı, öyle boğucu bir sessizlik olurdu evin içinde. Hani filmlerde Adile Naşit'li Münir Özkul'lu mutlu aile sofraları vardır ya, kalabalık, şen, çok sesli, çok sohbetli... Onun tam tersi bir film olsa mesela, adını da Suskunlar Evi koysak filmin, işte o ev kesin Ayşelerin evi olurdu.

Ayşe'yle çocukluğumuz, genç kızlığımız beraber geçti. Hatta birkaç ay arayla gelin çıktık mahallemizden. Birlikte ne çok hatıramız var. Hatırlıyorum, aynı yıl büluğa ermiştik. Tabii o zaman anneler önceden çocuklarını karşılarına alıp konuşmazlardı ergenlik nedir, regl nedir falan diye. Bir sabah uyandım ki çamaşırım kirlenmiş. Nasıl korktum. Hemen kalkıp mutfağa koştum. Annem uyanmış, kahvaltı hazırlıyor. Betim benzim nasıl attıysa, 'Ne oldu ne bu hâl,' dedi beni görür görmez. 'Anne ben hastayım galiba, kanıyorum,' dedim. 'Nasıl yani,' dedi. 'Çamaşırım kan olmuş,' dedim fısıltıyla. 'Ayyyyyyyy,' diye elindeki sarı bezi attı tezgâha. Pat diye sarıldı bana sıkı sıkı. Bir yandan nasıl gülüyor, nasıl seviniyor. Ben ne olduğunu bilmiyorum tabii, korktum annem delirdi diye. Başladım ağlamaya. 'Kız ne ağlıyorsun, genç kız oldun, oh çok şükür Rabbim'e bugünleri de gördük,' diyor. Oturduk, anlattı, ped kullanmayı öğretti bana, sonra beden temizliğini... Ertesi gün Ayşe'yle sinemaya gidelim diye sözleşmiştik. Arayıp, 'Gelemeyeceğim ben biraz hastayım' dedim. Yarım saat sonra bizdeydi. 'Ne oldu, merak ettim, iyi misin,' diye sordu. Utana sıkıla, 'Regl olmuşum,' dedim. 'O ne be,' dedi, merakla. Anlattım annemden öğrendiklerimi. Vücudumuzda rahim diye bir organ olduğundan, bu organın kadınlara özel yaratıldığından, büyüyüp evlendiğimizde içinde bebek büyüyeceğinden, bu nedenle her ay içinin temizlenip ölü hücrelerin dışarı atıldığından, işte bu temizliğin kanamaya sebep olduğundan falan bahsettim dilim döndüğünce. 'Haaaa, kirlendin yani,' dedi. Şaşırma sırası bendeydi. 'Evet çamaşırım biraz kirlendi ama ped taktım sorun yok artık,' dedim. 'Yok yok, bu hastalığın adı o, kirlenmek,' dedi. Meğer o da regl olmuş birkaç ay önce, yatağına geçmiş kan, korkmuş. Annesi görünce, 'Korkmana gerek yok, kirlenmişsin,' demiş. Bir de tokat atmış yanağına, sebebini bilmediği. Konu öylece kapanıp gitmiş. 'Ped kullanmak ne zor değil mi? Hep yana kayıyor gıcık şey,' dedi. 'Yok be,' dedim, bak annem gösterdi, diye elime bir ped alıp anlatmaya başladım. Birden suratı asıldı. Apar topar kalkıp gitti. O gün anlayamamıştım nedenini ama şimdi düşününce anlıyorum ki, benim annemin her kelimesi Makbule teyzenin suskunluğunu hatırlatıyordu belki de ona. Annem benimle konuştukça, onun annesi yüreğinde daha da suskun kalıyordu.

Anlatmaya devam etti: "Sanki ben yaşamadım mı aynı zorlukları," dedi. "O eşini kaybetti de ben küçücük yaşta babamı kaybetmedim mi? Onun yası vardı da benim yasım, kederim yok muydu? Hadi diyelim ki acıların seni hasta etti, neden tedavi olmadın? Neden iyileşmek için gayret etmedin? En çok buna kırgınım biliyor musun, Melek. Ben de depresyon geçirdim, biliyorsun. Elimi eteğimi çekip yorganın içine gömülmek istedim uzun zaman. Zaten alışıktım hayalet gibi gezmeye. Şeffaf olmaya. Öyle olmak kolay geliyordu. Ama vazgeçtim Melek, anne olunca hayalet gibi olmaktan vazgeçtim. Gayret ettim Melek. Çocuğum için gayret ettim. Kızım hastane odasında parmağıma sıkıca sarıldığı an çıkmaya karar verdim içine düştüğüm sessiz kuyudan. İşte tüm bunları anlattım bugün anneme. 'Sen de gayret etseydin, dedim. 'Bunu kendine olduğu kadar bana da borçluydun,' dedim. 'Acına susarak değil, konuşarak beni ortak etseydin. Anlatsaydın, ağlasaydın, küfretseydin ama beni de yoldaşın kılsaydın,' dedim."

Ayşe kahvesinden büyük bir yudum aldı. Bir şeyler gelmişti aklına belli ki, acı tebessümünü düşüncelerine derkenar yaptı.

"Galata Mevlevihane'sine gittin mi hiç Melek?" dedi. "Birlikte gidelim bir gün. Oradaki mezarlığın girişinde 'Mezarlık' yazmaz biliyor musun? 'Hâmûşan' yazar. Ne demek bu biliyor musun? 'Suskunlar' demek. Ölülerin yok olup gitmediğinin, sadece sustuğunun simgesidir bu Mevlevilikte. Mezarlıklar, 'Suskunlar evi' diye adlandırılır. Benim annem hep hâmûşandı Melek, bizim ev her zaman suskunlar eviydi. Annemin bohçama koyduğu çeyizdi bu. Belki de bu yüzden kızımın adını Lâl koydum, kim bilir…"

"Peki sonra," dedim. "Bütün bunları söyledikten sonra ne oldu?"

"Yine sustu," dedi müstehzi bir tebessümle. "Neyse ki artık susmasını normal buluyorum. Sonuçta artık gerçekten suskunlar evinde yatıyor... Biliyor musun Melek, mezarlık ona çok yakıştı. Sanki gerçekten yerini buldu şimdi."

Biri çok ağır bir cümle kurduğunda o ağırlık kalbinizi ezmesin diye havayı dağıtmak istersiniz. Ben de öyle yaptım. "Hadi bu kadar acı yeter. Bugün senin doğum günün, ne yapmak istersin söyle bakalım," dedim.

Gülümsedi, "Evet doğum günüm," dedi. "Gerçekten öyle. Sabah kalktım, hazırlandım, annemin mezarına gidip ona söylemek istediğim her şeyi bir bir söyledim. Kelimelerimi sonunda içime değil dışıma akıttım. Beş yıl olmuş göçüp gideli... Sonunda hesabımı kesecek, onu gerçekten uğurlayacak gücü bulabildim kendimde. Öldüğü günden beri bir Fatiha okuyamamıştım ardından. Bugün ilk kez okudum. Şimdi kızımı okuldan alacağım. Yol boyunca onunla sohbet ederek kutlamak istiyorum doğum günümü. Kelimelerimle ona sarılmak istiyorum," dedi tebessümle. Sıkıca sarıldı bana. "Seninle konuşmak çok iyi geldi," dedi. "Zaten konuşmak hep iyi gelir insana..."

Sonra gitti...

Ayşe'nin ardından kahve fincanlarımızı yıkayıp babamdan miras kalan altın tezhipli Kur'an'ımı aldım elime. İki tane Yasin okudum. Biri susmuşlarımızın ruhu şad olsun diye, diğeri suskunlar evinde büyüyen çocukların ruhu feraha çıksın diye...

# soğan

Otuz üç yaşındayım. Kâbe'deyim. Dünyanın en tatlı sürprizi, en mahcup eden haberini almışım, hac nasip olmuş. Zihnimde onlarca düşünce... Bundan önceki hayatımdan bundan sonraki hayatıma götürmek istediklerimi, Kâbe'de bırakıp da dönmeye niyet ettiğim arazlarımı düşünüyorum... 'Hacı' olmayı düşünüyorum. O sırada çat diye bir kapı açılıyor zihnimde. Biri giriyor içeriye. Davetsiz, selamsız.

'Hoop!' diyorum, 'arkadaşım kapısız köyden mi geldin?' Davetsiz misafir diye bir şey var, tamam da böyle de girilmez ki içeri. Hani ağlayan küçük bir çocuk görürsün de şefkatle karışık acıma duygusuyla bakarsın ya yüzüne. Öyle bakıyor bana. Oysa ağlamıyorum, kızıyorum hatta. 'Sen kimsin,' diyorum. 'Ben senim,' diyor. 'Nasıl yani,' diyorum. 'Ben benim zaten. Sen nasıl ben olursun?'

İnsanın katmanlarını anlatıyor bana müstehzi bir ses tonuyla. 'Küçücük bir gonca katman katman yaratılmış; ağaca baksan kabuğuyla, köküyle, damarıyla, meyvesiyle, yaprağıyla kaç kattan müteşekkil kılınmış; yerin yedi kat arzı göğün yedi kat direklerine sarılmış; kuşundan böceğine, gülünden lalesine her varlık bir sır ve hikmetle biri diğerini celbeden katmanlarla donatılmış olarak yaratılıyor da sen kendini yalnız 'sen'den ibaret mi sanıyorsun?' diyor. 'Ben senin özünüm,' diye ekliyor. 'Yaratıldığın hâlinim. En saf, en duru, en kabuksuz, en 'sen' hâlinim.'

'Ne yani benim kabuklarım mı var,' diye soruyorum. 'Var tabii,' diyor. 'Tee bebekliğinden beri o kadar çok yara aldın, o kadar çok kabuk bağladın ki, sonunda kendini 'kabuk' sanmaya başladın. İşin kötüsü beni unuttun, yani 'sen'i unuttun,' diyor.

'İyi güzel de benden ne istiyorsun,' diyorum merakla. 'Oturmuşum Kâbe'nin dizinin dibine, Kur'an'ımı okuyorum, Kâbe'ye bakıp bakıp dua ediyorum... Nereden çıktı şimdi bu muhabbet? Otuz üç yıldır yoktun madem, neden bugün geldin yanı başıma,' diye çıkışıyorum.

Diyor ki, 'Şimdiye değin kendini duymaktan kaçtın hep. İç sesini yabancı ettin kendine. Sana yaralarını fısıldayan, iyileşmeni murat eden sesimi yok saydın. E baktım hacca geldin, sıfırlanmak, yenilenmek, yeniden doğmak üzeresin, tam zamanı diye düşündüm,' diyor. 'Kabuklarını bir bir açmanın, özüne ulaşmanın, kendi 'ben'ini fark edip sesine kulak kabartmanın zamanı geldi de geçiyor. Aynı soğan gibi,' diye ekliyor.

'Soğan mı, o da nereden çıktı,' diye soruyorum şaşkınlıkla. 'Soğan gibi, kabuklarını kat kat soyman gerekir,' diyor. 'Soğanın özüne, cücüğüne ancak öyle ulaşırsın. İnsan yaraları da böyledir. Dış kabuktan başlayıp içe doğru aşikâr eder yaralar kendilerini. İşte bu yüzden dün değil de bugün geldim yanına,' diyor. 'İyileş artık, soy kabuklarını, kendini kabuk sanmayı bırak diye geldim,' diyor, şefkatli, anaç bir tavırla. 'İyi de nasıl?' diye soruyorum. 'Öyle çok sarılmışım ki yerini, nedenini ve nasılını bile bilmediğim kabuklarıma. Kabuklarım olmadan çıplak hissetmekten korkuyorum,' diye fısıldıyorum. 'Eee çıplak doğmadın mı zaten?' diyor. 'Yeniden doğmak istiyorsan çıplak olman şart...'

*Dış kabuk...*

İnsanlar, çok kaba bir tanımla zahiren ikiye ayrılırlar: Sakinler ve öfkeliler. Ama bir de işin batını yönü vardır ve bu içimizle ilgilidir: İç dünyası sakin ve huzur dolu olanlar ya da içinde büyük depremler yaşayanlar. Bir 14 Şubat sabahı eşime sürpriz olsun diye esmer ekmekten kalp şekilleri çıkarıp beyaz ekmeğin içine yerleştirdiğim iki renkli tostlar yaparken, yani gayet mutlu, keyifli, huzurlu bir ânımdayken birdenbire nefesim kesilip ölüyorum sandığım o ânda anladım ki, benim iç dünyam öyle sakin bir deniz falan değil. Bildiğin köpük köpük kabaran, azametiyle önüne geleni yutan, boğan bir nehir çağlıyor yüreğimde. O kadar boğucu bir nehir ki bu, artık beni de boğuyor, nefes alamıyorum.

Sonradan öğreniyorum, eğer ruhunu dinlemeyi bilmiyor, onun verdiği küçük küçük işaretleri okumayı beceremiyorsan bu kez bir hastalık tezahür edermiş de onun yerine bedenin konuşmaya başlarmış. Benim nefessiz kalmış hissedişim meğer ruhumun nicedir nefes alamadığının işaretiymiş. Akciğerlerimle zerre ilgili değil, ruhumun sıkışmış ciğerleriyle ilgiliymiş. Ruhum konuşacak, kendini bana duyuracak bir yol buldu ya, konuşuyor da konuşuyor! Sırtım ağrıyor, sol kolum uyuşuyor, kalbimin atışı göğüs kafesime sığmaz oluyor, durduğum yerde hem nefes nefese kalıp hem nefesimin ciğerlerime yetmediğini hissediyorum. Eyvah, diyorum, kalp krizi geçiriyorum! Demek böyle ölecekmişim! Apar topar acile taşınıyoruz. EKG'ler çekiliyor, kontroller, muayeneler yapılıyor... İşin nihayetinde onca bedensel belirtinin, onca korkunun ve kaygının kalp krizi ya da en azından bir kalp hastalığı ile kurdelelenmesini beklerken, karşımızdaki doktor hiç bilmediğimiz iki kelime fısıldıyor bize: 'Panik Atak!'

'Nedir bu?'

'Bir ruh hastalığı!'

'Benim ruhum hasta mı yani şimdi,' diyorum.

'Şimdi mi,' diyor hacdan beri beni yalnız bırakmayan içimdeki ben. 'Senin ruhun nicedir hasta, sadece artık bunu sen de biliyorsun.

Hastaneden eşim, ben ve içimdeki ben beraber çıkıyoruz. Yolu, içimdeki benle sohbet ederek geçiriyorum. Eşim ara ara katılıyor bize. 'Eee,' diyor içimdeki ben, 'ne yapmayı düşünüyorsun bundan sonra? Artık nur topu gibi bir panik atağın var!' Endişeli bir sesle yanıt veriyorum. 'Ne yapacağım, panik olacağım tabii. Baksana hastalığın ismi bile panik atak! Ben kelimelerin anlattığına ittiba ederim. Çoluğum çocuğum var benim. Nasıl annelik yapacağım? Evi nasıl çekip çevireceğim? Ya bu ataklar sürekli gelirse? Ah, çok zor bir şey öyle nefessiz kalmak. Ya yine olursa,' diye panikliyorum. İçimdeki ben, 'Bir sakin ol,' diye azarlıyor beni. 'Nefes alamayan bedenin değil, ruhun. Fark et artık bunu. İçinin pencerelerini aç,' diye çıkışıyor. 'Ha ha,' diyorum müstehzi bir tonda. 'İçimin pencereleri diyor bir de! İçim tripleks mi, dubleks mi anlatıver hele! Kapısı bacası da var mı bari! Yahu ben burada ölüyorum, sen bana içinin yok kapısı penceresi diyorsun. Gülüm bi gitsene sen,' diyeceğim sırada daha cümlemin bitmesini beklemeden topuklu ayakkabının merdivende çıkardığı tak tuk sesleri gibi ayak sesleri geliyor içimden. Habersizce açıldığı gibi yine habersizce çaaat diye bir kapı kapanıyor ve içimdeki ben gidiyor. 'Oh be', diyorum. 'Az rahat ver, zaten zor nefes alıyorum.'

İçimdeki ben üç buçuk yıl kadar yanıma uğramıyor ama panik atak hep benimle. Günde on, on iki atak geçiriyorum. Her birinde öleceğimi zannedip ölmüyorum. Atak gelecek korkusu anneannelerimizin yün yorganları gibi ağır bir kavrayışla üzerimi örttüğünden evde yalnız duramamaya, tek başıma dışarı çıkamamaya, asansöre dahi yalnız binememeye başlıyorum. Hayatımın altı üstüne geliyor ve görünen o ki, hayatımın altı üstünden daha iyi falan değil. Bildiğin kaos ortamı. Bunu görünce daha da panik olup, akabinde daha da fazla atak geçirmeye başlıyorum. Sanırım diyorum hastalığın adı buradan geliyor, ne denli panik olursan o kadar çok atak geçiriyorsun. Panik ve atak, önce panik sonra atak, ne kadar panik o kadar atak. Yine bir gece korku yorganını üzerime çekmiş yıldızlara gözyaşlarımdan taçlar iliştiriyorken bir tıkırtı duyuyorum. Nereden geliyor diye bakınıyorum sağa sola. Kapı çalıyor sanki. Kalkıp bakıyorum. Yoo kimse yok, zaten kim gelir ki gecenin bu vakti. Yine de bir kim ooo çekiyorum.

'Kimoooooo...'

'Benim,' diyor içimdeki ben. 'Ben geldim. Sana yardım etmek istiyorum, eğer beni içeri alırsan.'

'Gel gel, ne olur gel,' diyorum yalvarır bir sesle. 'Zaten yalnız kalamıyorum artık. Korkuyorum.'

'Neden korkuyorsun?' diyor.

'Ölmekten,' diyorum.

'Üç buçuk yıldır günde on küsur atak geçiriyorsun. Hiç öldün mü ki?' diye soruyor.

'Ölmedim ama ya bir sonrakinde ölürsem,' diyorum.

'Nereden bileceksin?'

'Hem bak eşim, dostlarım, annem babam nasıl üzülüyorlar benim için, etrafımda pervane oluyorlar, ölürüm diye karalar bağlıyorlar, görmüyor musun? Demek ki benim evhamım değil bu durum, herkes görüyor olup biteni. Herkes endişeli.'

'Görüyorum merak etme,' diyor. 'Bu hastalığın ne çok işine yaradığını gayet net görüyorum.'

'Ne demek şimdi bu,' diye çıkışıyorum içimdeki bene. 'Ben burada ölüm atakları geçiriyorum, sen bana işine yaramış diyorsun! Ben mi istiyorum yani böyle hasta olmayı,' diye söylenip parlıyorum iyice.

'Dur,' diyor, 'bir sakin ol. Ne kadar alışmışsın hemen atağa geçmeye. Dediklerimi duymaya çalış. Hastalığı elbette sen istemedin. Sana kalsa ruhunun sancılarını hiç görmemeyi seçerdin. Bastırır giderdin ama zihnin susmuyor, bir yolunu buldu ve konuşmaya çalışıyor çünkü seviyor seni. Kendini böyle yok etmeni, kabuk bağlamanı istemiyor. Ben de bu yüzden yanında değil miyim zaten? Korkma,' diyor içimdeki ben şefkatli bir ebeveyn tonunda, 'biz dostuz, terk etmeyiz seni.'

İçimdeki ben bu defa tedarikli gelmiş. Çat diye onlarca doküman, bilimsel araştırma ve telefon numarası koyuyor önüme.

'Bunlar ne şimdi?' diyorum.

'Panik atağın mesajını okuman, yani ruhundaki bu sızıyı dindirmen için gerekli olan şeyler,' diyor. En üstteki makaleyi dayıyor burnuma. 'Burnunun ucundakini göremiyor bazen insan,' diye espri yapıyor bir de.

'Ha ha ha,' diyorum, 'ne komik'.

'Hadi hadi,' diyor, 'gerilme hemen. Al oku, bak ne diyor'.

Elime alıyorum ki 'Pihhuuuuu bir dolu yazı, kim okuyacak bunu şimdi? Gözlüğüm de yok gözümde'.

'İyi iyi,' diyor, 'ver ben okuyayım'. Başlıyor okumaya:

'Panik atak sırasında vücut 'kaç ya da savaş' tepkisi içindedir. Vücutta adrenalin salgılanır, buna bağlı olarak kalpte çarpıntı ve hızlı nefes alışverişi başlar. Sistem kişiyi kaçmaya ya da savaşmaya hazırladığı için vücudun hayati organları dışındaki diğer organlardan kanı çeker çünkü tehlike ânında –diyelim ki– mideyle işimiz yoktur. O sırada kullanılmayacak organlardan çekilen kan gerekli organlara gönderilir. Kol ve bacak kasları gerginleşerek güç kazanır. Midede çekilme hissi, ortama yabancılaşma hâli, hatta dışkılama ihtiyacı (vücut kaçmak ya da savaşmak için tüm ağırlığını boşaltmaya çalışır. Korkudan altına yapmak deyimi aslında biyolojik bir gerekliliği ifade eder) sistemin kaçmak ya da savaşmak için ortaya koyduğu düzenlemelere bağlı semptomlardır. Bu semptomların nedenini bilmek hasta için önemlidir zira vücutta bu denli yoğun adrenalin varken ve sempatik sistem bedeni böylesine teyakkuz durumuna geçirmişken kalp krizi geçirmek, bayılmak, kendini kaybetmek biyolojik olarak mümkün değildir. Yani panik atak hastaları bilmelidir ki, atak sırasında ölemezler, bayılamazlar ve kalp krizi geçirip kendilerini kaybedemezler. Bu tıbben imkânsızdır.'

'Ha ha ha,' diyorum, 'gel de sen bunu bedenime anlat. Ölüp ölüp dirilmek ne demek ancak bir panik atak hastası bilir,' diye çıkışıyorum. 'Bu yazı hastalığı küçümsemiyor ki,' diyor içimdeki ben, 'en büyük korkun olan atak sırasında ölmenin mümkün olmadığını biyolojik gerekçelerle anlatıyor. Hani kalbi duran hastalara adrenalin veriliyor ya kalbi çalıştırmak için. İşte bu yazı da bunu söylüyor, vücutta adrenalin varken kalp duramaz diyor.' Düşününce ikna oluyorum. İçimdeki ben okumaya devam ediyor:

'Panik atak bir hastalık değil, bir yangın alarmıdır. Bedenin, aslında dış dünyada gerçek bir tehlike olduğunda vermesi gereken terleme, kalp çarpıntısı, göz bebeklerinde büyüme, sol kolun uyuşması, dışkılama ihtiyacı, yüzün kireç gibi beyaza dönmesi gibi belirtilerin ortada bir dış tehlike yokken oluşması hâlidir. Bu belirtiler oluşur zira tehlike hissi dışsal değil içsel bir tehdit hâlini almıştır. Yani panik atak yaşayan kişi tehlikede olduğuna içsel bir düzeyde inanmıştır.'

'Bu ne demek şimdi?' diyorum. 'İlk atağım geldiğinde lokum gibi bir sabahtı. Eşime kalpli tost hazırlıyordum minnoş minnoş. Neyin içsel tehdidi, neyin tehlikesi anlamadım şimdi?' 'Sabırlı ol, anlayacaksın,' diyor, içimdeki ben.

'İnsan, farklı katmanlardan, farklı kendilik tabakalarından oluşur. Psikoloji, insanın iç katmanlarını kabaca iki ayrı boyutta inceler: Bilinç ve bilinç dışı. Bilincimiz düşünerek, tahlil ederek, muhakeme ederek belirli filtrelerle işlemlediğimiz girdileri ifade ederken, bilinçdışımız hiçbir filtre olmaksızın tüm deneyimlerimiz ve öğrenmelerimizden arta kalan duyguların deposudur. Panik atak ise bilinç dışı boyutta incelendiğinde, derin yalnızlık duygusunun varlığını işaret eder. Kişi, etrafında ne kadar çok insan olursa olsun kök ailesiyle yakın bir bağ kuramamışsa yalnızlık duygusu içselleşir. Kalabalıklar içinde yaşanan yalnızlık deneyimi ortaya çıkar.'

'Bu tanım sana uyuyor mu,' diyor içimdeki ben. 'Sahiden kendini yalnız mı hissediyorsun?' Vereceğim cevap boğazıma oturuyor, ağlamaya başlıyorum.

*İç kabuk...*

Soğan soyarken dış kabuğu soymak en kolayıdır çünkü zaten çıkmaya razı bir kabuktur o. Çoğu zaman soğanı elinize almanız bile yeter, kabuk ufak bir el hareketiyle dağılıp düşüverir. Benim için panik atak dış kabuktu. 'Acaba bugün bana saldırır mı' diye beklemeyi bırakıp dışarılarda bir yerlerde pusulanmış bir düşman askeri olmadığını anladığım, hasta olmanın eşimin, ailemin etrafımda dört dönmesi, elimi sıcak sudan soğuk suya sokturmaması gibi kazançlarını bırakacak kadar hayatımın sorumluluğunu üstüme aldığımda ve panik atağa bana dışımdaki kabuğu soyup içime bakmama yol açtığı için teşekkür ettiğimde her nazik misafir gibi çıkıp gitti. Beni, elimde bomba gibi patlamaya hazır bir bilgiyle baş başa bırakarak hızla uzaklaştı: 'Panik atak ise bilinç dışı yalnızlık duygusunun işaretidir.'

İçime bakıyorum, yalnız hissetmiyorum gibi geliyor. Yani içimde bile başka bir ben var sonuçta. Orada bile yalnız değilim ki dışım zaten oldukça kalabalık sayılır. Eşim, çocuklarım, ailem, arkadaşlarım... Yok yok yalnız falan değilim ben, diye düşünüyorum ama içimdeki ben 'Yalnız mı hissediyorsun' diye sorduğunda istemsizce yaşlar boşanmıştı gözlerimden. Benim bilmediğim ya da bilmediğimi bana düşündürecek kadar derine ittiğim bir yerlerde yalnız hisseden bir parçam mı var acaba diye merak ediyorum. Madem beden en az bilinç kadar iyi kayıt tutuyor, madem yalnız mısın sorusuna bilincim hayır diyorken bedenim gözyaşları aracılığıyla evet diyor, o zaman cevabı bedenimde aramaya karar veriyorum.

İlk iş olarak kendime bir iyileşme köşesi yapıyorum. Eee her şey bir niyetle başlar madem, bu işin de bir niyeti, duası olsun istiyorum. Ne var köşede? Tek bir şey; bir sallanan sandalye. Evde çoluk çocuk, iş güç var, gün içinde yalnız kalmam zor. Seher vakitlerinin suyu mu çıkmış? Sabah namazından sonra uyumam, iyileşme köşeme oturup bedenimi dinlerim, diyorum. Çocuk gibi heyecan duyan bir parçam var. Herhalde bedenimi ilk kez dinleyeceğim için, bilemiyorum. Sandalyeye ilk oturduğumda, yani ilk iyileşme günümde içimdeki bene sesleniyorum. 'Hu huu, burada mısın?' 'Yokum,' diyor. 'Çıktım, gidiyorum. Ben yokum, kimse yok. Kendini dinle, düşüncelerine kaçma, sadece içine yer aç,' diyor ve 'dur, hoop, bir anlatsaydın süreci' falan dememe mahal vermeden gidiyor. Ben beklemeye başlıyorum. Dakikalarca nefesimi dinliyorum, düşüncelerim geçiyor zihnimden, onları izliyorum, hiçbirine tutunmadan öylece izliyorum. Ama başka gelen giden olmuyor. Ne bedenimden bir mesaj ne de içimden bir ses... Hiçbir işaret bulamıyorum. Ne saçma işlerle uğraşıyorum, diye düşünüyorum sandalyeden kalkarken. Eee n'oldu şimdi, başım göğe mi erdi, neyi keşfettim, koca bir hiç. Bu işi bırakmaya karar veriyorum. Ertesi gün enteresan bir şey oluyor.

Allah affetsin, normalde namaza öyle şıp diye kalkamam. Alarm çalar, çalar, çalar, ben yataktan anca sürünerek doğrulurum. O gün daha saat çalmadan zınk diye uyandırıyor beni bedenim. Haydaaa, diyorum. Normalde böyle yapmazdın! Gidip namaz kılıyorum, Kur'an okuyorum. Yatayım bari diyorum ama yok, zerre uykum yok. Ne yapsam derken gözüm sallanan sandalyeye ilişiyor. Bir bakıyorum sanki sandalye beni çağırıyor. İçim oraya gitmek, ayaklarım ona doğru adım atmak, bedenim teninde sandalyeyi hissetmek istiyor. Çok da yüz vermiyorum ama oturuyorum. Hafif hafif sallanmaya başlıyorum. Ve ne oluyor? Hiçbir şey. Sadece boşluk. Yine hiçbir mesaj gelmiyor. Ne içimdeki ben konuşuyor benimle ne de başka biri. Mutlak bir sessizlik. İşin tuhaf tarafı, nasıl anlatsam, sessizliğin sesi içimi doldurmaya başlıyor. Sessizlikle doluyorum. Normal şartlarda bu his insanı rahatlatabilir belki, beni bunaltıyor. Sanki yine atak geçirecekmişim gibi nefesim yetmez oluyor. Tam vazgeçecekken aklıma dank ediyor. Aaaa, diyorum, bir işaret bu. Bedenim yine konuşuyor benimle. Sessizce durmak beni boğuyor. Peki neden? Neden, diye düşünürken bir ses duyuyorum içimde, cılız bir ses. 'Kimsin sen,' diyorum. 'Bebek Hatice,' diyor. Ağlamaya başlıyorum...

İngilizcede bebek anlamına gelen 'infant' kelimesinin Latince kökenli olduğunu ve 'sesi olmayan' anlamına geldiğini okumuştum çünkü bebeklerin kelimeleri yoktur, diyordu yazıda. Oysa güneşin nazlı nazlı yeni gün muştusunu kâinata yaydığı o seher vaktinde bilmiştim ki, bebeklerin sesi var. Eğer kulak verirsek içimizde bir yerlerde konuşurlar. Benim içimdeki bebek de konuşmaya başlamıştı. 'Annemin karnındayım,' dedi ilk. 'Bağ kuramıyorum annemle,' dedi. 'Neden,' diye sordum. 'Olabileceğin en güvenli yerdesin. Annene yakın olmanın ötesinde onun bedeninden bir parça gibisin. Neden yakın hissedemiyorsun, neden bağ kuramıyorsun?' Kardeşlerini anlattı bana. 'Benden önce beş kardeşim misafir olmuş bu rahme ama tutunamamışlar, kayıp gitmişler,' dedi. 'Onlar peşi sıra gidince annem bir bebeği daha olmasını istememiş, çünkü bu kayıplar onu çok yormuş, çok üzmüş,' dedi iç çekerek. 'Ama ben olmuşum işte,' dedi. 'Tutunmuşum, yaşamışım. Annem bağ kurmak, sevinmek, beni beklemek istememiş. Her an kaybedebilirmiş çünkü beni, aynı diğerleri gibi. Eğer beni sevmez, bağ kurmazsa kaybettiğinde de üzülmezmiş. O da öyle yapmış,' dedi ağlayarak. 'Çok yalnızım,' dedi. 'Çok yalnızım...'

İnsan annesiyle kurduğu ilişkide, yani şu dünyadaki ilk ilişkisinde bağ hissedemediğinde yalnızlık duygusu bir hayat motifi olarak belirmeye başlıyormuş meğer. Ne kadar eşi dostu, arkadaşı, hatta evlatları da olsa kendini içsel bir düzeyde hep tek başına, hep bağsız, hep yalnız hissediyormuş.

Öksüz kelimesindeki 'ök' kökünün bağ demek olduğunu öğrenmiştim yıllar önce. Ök-süz, bağsız demekmiş. Yani aslında annesi olmayan kişi değil, annesiyle bağı olmayan kişi öksüz kalırmış. İşte hissettiğim şey tam da buydu. Annesi hayatta olan ama onunla hiç yakın bir bağ kuramamış öksüz bir kızdım ben.

Baktım bu ipin ucu hep anneye, yani ilk ilişkiye dayanıyor, bir seher vakti hayali boş bir sandalyenin üzerinde oturttum annemi karşıma. Anlattım, kızdım, bağırdım, konuştum, sustum, fısıldadım, ağladım. Haftalar boyu sürdü hesaplaşmamız. İçimde alacağım tek şey kalmayana değin döktüm alacaklı defterimdeki taşları. Çizdim teker teker hepsinin üzerini. Sonra bir sabah hayali annemi ağlarken buldum kendi koltuğumda. İlk kez, hayatımda ilk kez annemin savunmasız insan yanını gördüm. 'Çok korktum seni de kaybederim diye,' dedi. 'O yüzden istemedim seni, o yüzden uzak durdum, o yüzden sevmeye korktum. Beş evlat gömdüm toprağa,' dedi, hıçkırıklarla ağlayarak. 'Beş yas tuttum, beş yara açıldı içimde, beş kez kabuk bağladım. Son kabuğum o denli kalındı ki, seni hiç duyamadım, varlığına yer açamadım içimde, seni yalnız bıraktım,' dedi. Sarıldım hayali anneme. Sarıldı bana. İlk kez sarıldık.

O günden sonra aylar boyunca sessiz seher sabahlarında kendimi aldım kucağıma. Bir gün bebekliğim geldi, bir gün çocukluğum, bir gün gençliğim, bir gün gelin olup evden gitmişliğim... Tüm yalnız hissedişlerini, tüm kırgınlıklarını, tüm acılarını gelip anlattılar bana. Dinledim, anladım, oturup onlarla ağladım. Otuz küsur yaşıma değin her yılın ayrı bir ben'i vardı. Hatta bazı yıllar iki ayrı ben çıkmıştı içimden. Bölünmüştüm. Hepsini yüreğimde teker teker ağırladım. Hepsini bir tek ben'in şefkatli kollarında toparladım. Aylar sürdü seher vakitlerinde oturmalarım, içimdeki ben'lere kulak kabartmalarım, ağlamalarım, kendimi katman katman açmalarım, kabuklarımı teker teker soymalarım...

Aylar sonra bir gün bir kapı sesiyle içimdeki ben çıkıp geldi. Bu defa hissetmiştim geleceğini, habersiz değildi. 'Hoş geldin,' dedim.

'Hoş bulduk,' dedi, 'iyi gördüm seni'.

'İyiyim,' dedim. 'Ama kabuk soymak çok zormuş,' diye ekledim. 'Bu süreçte ne çok ağladım bir ben bilirim bir Allah,' dedim gülümseyerek.

'Eee soğan soyuyorsun,' dedi, 'o kadar gözyaşı olacak, normaldir'.

Gelmişken teşekkür ettim içimdeki bene. Benden hiç vazgeçmediği, bana içimdeki zenginliği fark ettirdiği, kendi çok sesli koromu inşa etmeme yardım ettiği için teşekkür ettim. 'İyi ki geldin,' dedim, 'sayende ben de kendime geldim'.

*Cücük...*

Ha diyeceksiniz ki kabuklar soyulunca cücük çıktı mı meydana? Hayır, çıkmadı çünkü mesele kabukları soyup atmak değilmiş, kabuğun kabuk olduğunu fark edebilmekmiş. Katman katman kendini büyütürken her bir kabuğun aslında senden bir parça olduğunu görüp kendine şefkat verebilmekmiş.

Kü/cücük bir misafir...

Ne zaman sonra içimdeki benle buluşup oturduk bir göl kenarında. Bu defa yanımızda biri daha vardı; kızım...

İçimdeki ben 'Oh,' dedi, 'iyi ki bu kü/cücük misafir gelmeden kendi içini bir düzene sokmuşsun. Yoksa o kaosun içinde kaybolup giderdi, yazık'. 'Haklısın,' dedim. İçim derli toplu olunca kızıma genişçe bir yer açılmıştı. Artık yerlere saçılmış acılarıma, çözülmemiş davalarıma, iyileşmemiş yaralarıma takılıp canını yakmadan rahat rahat oynayabilir, koşabilir, coşabilir, var olan tüm kendilikleriyle kök salabilirdi annesinin iç aleminde. 'Ha unutmadan,' dedi içimdeki ben, 'kontrol ediyorsun değil mi içindeki düzeni her gün yeniden?' 'Her gün mü?' diye sordum şaşkınlıkla. 'Düzelttik ya içimi, aylar sürdü hani, bence kolay kolay dağılmaz bir daha.' 'Pışşıkkkk,' dedi tek parmağıyla sol gözünü aşağı doğru çekip. 'Her gün yeniden bakacaksın cücüğüne de kabuklarına da. Bakacaksın ki kendinden bu kadar uzağa düşme bir daha. Çünkü unutma, en elzem biliş kendini biliş ve en tatlı geliş kendine hoş geliştir.'

Hoş geldin kendim, sefalar getirdin...

**Son söz niyetine,**

**Kızım Meva'ya...**

Sana çeyizler hazırlıyorum güzel kızım.
İçine dantel dantel 'seni seviyorum' cümlesi koyuyorum.
Olur da bir gün sevildiğini hissedemezsen,
Çeyizinden çıkarıp serersin gönül sehpana.

Şimdiden çeyizler hazırlıyorum sana canım kızım.
'Sen çok değerlisin' yorganları dokuyorum ilmek ilmek.
Bir gün insanlar seni üşütürse hoyrat cümleleriyle,
Bu yorganlara sarınıp ısınabilesin diye.

Olur da bir gün yolunu kaybedersen güzel kızım,
'Sana olan inancım tam' kılavuzu bırakıyorum
yürek bohçanın içine.
'İyi ki varsın' broşları da koyuyorum o bohçaya.
Hayatın boyunca yakana tak ve varlığının değeriyle
ışıl ışıl parla diye.

Aynasız çeyiz olmaz tabii...
'Olduğun hâlinle çok güzelsin' aynası koyuyorum
çeyiz sandığına.
Kendini görüp kendin olmaktan mutlu olmanı diliyorum
O aynaya her baktığında...

Sarılmalarımızdan yastık yapıyorum,
Hayat boyu sırtına koyup yaslan diye.
Sohbetlerimizi lavanta kokulu keselere dolduruyorum,
Yüreğinin çekmecelerine koy ki,
Hayatın soğuğu rutubet yapmasın içlerinde.

Sana çeyizler hazırlıyorum güzel kızım.
Sevgi iplikleriyle dokuyorum,
Üzerine ilgi kurdeleleri doluyorum,
Varlığına duyduğum saygıyı nakış yapıyorum,
Ve ilmek ilmek dua işliyorum her bir kenarına özenle...